西部小说系列

雪漠

有一辈子的好心情，

就等于有了一辈子的幸福。

我们没办法改变世界，

但总能改变自己的心情。

——作者题记

西部小说系列

雪漠

小说精选

雪漠 著

中国大百科全书出版社

图书在版编目（CIP）数据

雪漠小说精选 / 雪漠著. —北京：中国大百科全书出版社，2017.8

ISBN 978-7-5202-0149-0

Ⅰ. ①雪… Ⅱ. ①雪… Ⅲ. ①短篇小说-小说集-中国-当代
Ⅳ. ①I247. 7

中国版本图书馆CIP数据核字（2017）第177053号

出 版 人　刘国辉
责任编辑　李默耘　海艳娟
责任印制　魏　婷
装帧设计　U-BOOK
出版发行　中国大百科全书出版社
地　　址　北京阜成门北大街 17 号
邮　　编　100037
网　　址　http://www.ecph.com.cn
电　　话　010-88390603
印　　刷　北京君升印刷有限公司
开　　本　880 毫米 ×1230 毫米　1/32
字　　数　100 千字
印　　张　5
版　　次　2017 年 8 月第 1 版第 1 次印刷
定　　价　25.00 元

目　录

新疆爷

新疆爷开始收拾摊子。天还很早。太阳刚刚转西呢；那颜色不红、不亮，像块掺了奶水的冰。有丝风吹来，卷着黄土，卷着落叶，凉飕飕的，已带了深秋的味道了。新疆爷收拾完果子，又收拾鸡蛋。说是摊子，其实不过两个提筐，两块硬纸板。一块上垒一堆果子——软儿梨，一捏软软的，薄皮，一包甜汁儿透心凉，能清咳呢；一块上放一堆鸡蛋。就这些。摆起来容易，收起来也容易。果子是趸来的，四角一斤，他卖四角五；鸡蛋是零收来的，两角钱一个，他卖两角二。挣钱嘛，不多；糊口嘛，够了。

收拾完，新疆爷提了筐子，往村东走去。他的个子高，又瘦，影子很长，一扫一扫像个大蜈蚣在爬。有人问，新疆爷，哪里去呀？许多人望他，眼睛里有水光，哗哗哗闪。她家。新疆爷说。那人不再问“她”是谁，却说，给钱去？嗯。新疆爷答。给了钱能换着干个事吗？一个人问，别的人笑。新疆爷窘了，想绕过去。几个人却围住了他，能吗？

新疆爷咧咧嘴，放下篮子，捶捶腰，说，胡说啥哩，我老呀老了。人齐笑。一个说，老了？拧成个绳绳也能干咧。一个说，器皿是不行了，手总行吗，摸摸也成呀，解馋嘛！新疆爷不再理睬，提起篮子，三蹿两蹿，像兔子。

不干一回，太冤枉了呀。众人齐笑。

新疆爷的脚步很急、很乱、发飘，心有劲，腿无力，不几步就趔趄了。于是驻足，喘气，篮子又放在地上，又直身，捶腰。却听得一个娃儿问，新疆爷爷，哪里去呀？

新疆爷露出了笑，脸上闪出了童颜，他不答娃儿的问话，却从篮子里摸出几个果子，说，来，我的球娃，爷爷给你果果。

娃儿拿了果子就吃，一边吸咂，一边吮指头上的果汁。新疆爷笑眯眯望娃儿，不自觉地拌动着嘴，仿佛吃果子的不是娃儿，而是他。

宝宝，你怎么又吃新疆爷的果果了……新疆爷……再别惯娃儿们了，你也要，他也要，三给两给，你个小本生意……咋成呢？一个红脸汉子说。

新疆爷笑笑，说，不咋的，不咋的，娃娃们嘛……我一个孤老头，一年两件衣，一天两顿饭，够了，活人了世嘛，够了……你忙着，我走了。

不进去坐一坐了吗？

不坐了，不坐了。

“她”家很破，后墙皮脱落了，一块一块的，像害了牛皮癣。她在填炕，身上灰多，脸上也灰多。见了他，放下木锨，拍拍身上的土说，来了。新疆爷说来了，就进了屋子。屋子暗，纸糊的窗子不透光。炕沿上有个红眼老汉在抽烟，拿麻秆就油灯上燃着，放烟锅上，一吸，火进了烟锅，烟出了鼻孔。见新疆爷进来，他便挪挪身子说，来了。新疆爷说来了，就蹲在地上的条凳上，凝成块石头。

今年收成又不好！红眼老汉说。

今年收成不好。新疆爷说。

明年咋着呢！

就是，明年咋着呢！

这日子，唉……

就是，这日子……

她进来了，拍着身上的土。望望新疆爷，问冷吗？新疆爷说不咋地。女人说该穿主袄了。新疆爷说该穿了。女人说你的被窝该洗了。新疆爷说该洗了。女人说明天铲菜呢，后天洗吧。新疆爷说后天洗。

红眼老汉说，明天洗吧，菜我铲。这骚天，说变就变。

女人说明天就明天。

新疆爷掏出一把角票，说，就这些，这几天，买东西的人少。就这些，先用吧！你们老两口，该置个衣裳了。丝丝缕缕的，人笑话哩。新疆爷把钱放在炕上，说，我走咧。

女人说，吃饭吧，我就下面。

新疆爷说，不咧，我还去打针。今日个，有些伤风。

女人说，该穿主袄了。

新疆爷说该穿了，提篮子，出了门。女人没送。老汉也没送。

在屋里蹲热了，一遇凉风，鼻头痒了，打个喷嚏，怪响，鼻腔里似有小虫在跑。真该打针了，新疆爷耸耸鼻头。这伤风，说来就来。他想。还是少害些病吧，这年头，害不起。不过，害了也就害了，没啥怕的。新疆爷很响地打个喷嚏。

王大夫屋里人不多，两个男人，一个娃娃。摸一个果子给娃娃，坐下。新疆爷估计那两个男人又说摸呀干的那些话。可他们也没说啥，只望了娃儿的嘴咽唾沫。新疆爷想，大人，不给了，给了，没治了。真没治了。可一个男人从篮子里拿了果子，另一个也拿了。新疆爷就说，吃吧，吃吧，这软儿梨，泻火呢！

见王大夫望他，新疆爷说，打一针，就青霉素吧，别的，不认。

王大夫就笑了，伤风了，也不识闲，又去嫖风，要脱阳呀。

新疆爷脸红了，说，你怎么也胡说呀，王大夫。他们，大老粗，由他们嚼去。你，一个文字人。

真没干啥？王大夫不笑了。

哪呀！能吗？人家成了人家女人，缺德哩！新疆爷鼻头上有个汗珠，活人，得讲个义气。

王大夫边号脉，边望他，本来，是你的老婆。干了，也没啥的。

本来是……本来是……新疆爷嗫嚅着，脸灰了，把鼻头上的汗珠也灰没了。

抓兵那年你十几?

二十。

真结婚第二天?

嗯。

真从新疆跑回来的?没坐车?

嗯!

新疆爷懒得多说话。问了不知几百遍了,你也问,我也问,不嫌烦的。明摆着的事,谁都问。那年二十,还是十几,记不清了,很远了,隐隐约约了,像梦。只记得新疆远,去的时候,没法子,人多,也没拿绳子捆。抓兵,你以为真抓呀,从新房屋里拉出来,就进了军营。走啊,走啊,不知几年。人说到了新疆,新疆是个啥地方,不知道,只想媳妇。模样儿都没看清呢,但那是他媳妇。于是就跑。前几次没跑成,给打个半死。第五次跑成了,就来了。多远?他也不知道有多远,白日跑,夜里跑,醒着跑,梦里跑,就跑回来了。跑了几年,也许一月,也许一年,谁知道呢,管这些干啥。回来,媳妇嫁了人,是哥哥卖的。养活不起。以为他死了,就卖了。卖了就卖了。成了人家媳妇,没钱赎,就这样。人家也殷实着哩,媳妇跟了,不受罪,就这样。有啥?老问,老问,不嫌烦的。

王大夫取了针管,要皮试。新疆爷说算了,老打。再说老皮老肉了,它青霉素还能咋样。王大夫说不行,新疆爷只好伸胳膊。

你真冤,娶个女人只睡一夜。王大夫说。

新疆爷笑笑，心想，一夜都没呢，那夜她来红。

没怨你哥？

活人了世嘛，怨啥？

为啥再没娶？

活人了世嘛，娶啥？

新疆爷眯缝着眼，望望窗外的天，望望天下的树，黄叶落下来，在秋风里飘呀飘的。他的脸像木雕，仿佛说一件与他不相干的事。

王大夫看看他胳膊，就叫他解裤带。新疆爷褪下裤子，露出两瓣尖尖的屁股，说，往肉上扎，前次，扎进骨头，疼了好几天呢。王大夫笑了，你哪有肉啊，一提皮，三寸长。该加点营养了，不要有几个，就塞给人家。成别人的女人了，管她干啥。新疆爷不说话。王大夫又说，那事儿，不能干太勤，勤了伤身子。新疆爷说你又来了，一个文字人……王大夫便瘟鸡样笑了，一手提起屁股上的皮，一手拿针管，下扎。新疆爷说这下扎肉上了，稍微疼。王大夫又笑了，像兽医拍马屁股那样拍拍新疆爷尖尖的屁股，起来吧，别戳坏床板。新疆爷哎哟一声说，你又拍疼我了。王大夫说，哟，成铜钟了，一碰就响。

进了家门，放下篮子。篮子明显变轻了，新疆爷有些心疼，知道这几天的光阴又白熬了。但他晃晃脑袋，便把心疼晃没了。活人了世嘛，算那么精干啥。他想。

家不大，土炕，土炉，牛肋巴木窗，椽子给烟熏黑了，墙也熏黑了，窗上的纸泛黄了，屋里黑。黑了好。他不喜欢太亮。黑了像家。门一关，啥都到屋外了。只有他在家里。这时，他心里便有温水一样的感觉了。家真是好东西，风也遮了，雨也挡了，也没人问那些混账话了。他怕人问。几十年了，忘的早忘了，一问，忘了的便回来了，盛在心里，晃呀晃的。

新疆爷捅捅炉子，淘个山药，在案板上切山药棒。山药好，一滚，就烂了，舌头一压，就能往嗓门里送。牙齿早溜光了，别的菜，费劲。也没用，消化不了。山药切粗一点，容易烂，筷头儿好夹。手倒不抖，但越来越不灵便了。

一个山药没切完，案板就没多少空处了。这案板五寸方圆。几十年了，就用它，习惯了。果木真是好东西，咋切，也不下木渣。陈木匠要他添个案板。添啥，一个人，够了，几十年了，别人家的案板换了一块又一块，他只是自己的这块。果木真是好东西，用了几十年，只是稍薄了一些。薄了好，分量轻了，虽是巴掌大小的一块，可重。老了，轻些好。

切完山药，看看炉子。这土炉，好用，一会儿，火焰便上来了。放上小锅，取过油罐，用筷头上扎几根布条的油褡子在锅里闹几下，他便闻到了很香的油味。是胡麻油，胡麻油好，香，比菜籽油香多了。可没有胡麻油的时候，菜籽油也香到脑子里去了。菜籽油没了呢，不用油也好，有面和山药呢，也好。除了六零年那几年，山药呀啥的倒没断顿。六零年断顿了，有苣苣菜呢。也好，反正他活下来了。多少人饿死了，他活下来了。真好。没大病没大灾地活下来了。真好。活人了世嘛！

山药入锅的声音真是好听。屋里静，除了自己和自己说几句话，少有啥响动。山药入热锅声，真好，比这个机那个机里的女人声好多了。当然，那女人声也好。不过，新疆爷爱听秦腔，爱听满嗓子噎个声音的乱弹，过瘾。没买个收音机，听不到乱弹好几年了。不过，这嗞啦声也挺好的。遗憾的是响得时间短，嗞啦一阵，就得加水。

水盛在一个坛子里，它原是铺子里盛酱油用的，酱油卖完了，他便用十个鸡蛋换了来。也是几十年了，要是人，早引了一大群儿子呀，孙子呀的；坛子不，坛子和他一样，几十年了，老那个模样，也没生下个小坛来。坛口油黑油黑的，不大，有小碗口粗细。坛身也不大，盛不了多少水。新疆爷用个盛油漆的小桶到涝坝里提三回，它就满了。够了，这些水能用三天。人一老，吃得少了，喝得也少了。年轻时，一坛水能用两天；再年轻时，能用一天。新疆爷就是在用水上发现自己老了的。老了，老了，真老了。他忽然想到戏文上有这么一句话，后面一句是，十八年老了我王宝钏。老了怕什么，是活老的，又不是叫人偷老的。也怪不了别人的。只觉得一辈子真快，一晃，就老了，做梦一样，不明不白的。老了就老了。是活老的，谁也会活老的。

新疆爷舀了一缸水。每顿，都这么一缸，是小缸，一缸大约一碗水。够一顿了。这小缸儿整天漂在坛中的水面上，悠呀晃的，好自在。小缸也用了几十年了。无耳。无耳好。它原本是有耳的，那时，就放在炉子上熬个茯茶呀啥的。后来，叫那只白鼻梁小猫一碰，就骨碌碌掉地上了，掉了漆，掉了耳，就成现在的模样了。这模样也好，能进出坛口舀水，别的东西像碗呀啥的不成，进不了坛子，只有这无耳的小缸好使。世上的事情难说得很，有耳有有耳的好处，无耳有无耳的用处，很难说哪个用处大些。啥不是这样呢？

新疆爷捉住拴在缸上的小木棍，舀了一缸水，很利索地提出坛外。这小木棍是个学生娃给拴的。原先，没有小木棍的时候，他便揸开五指，撑住小缸内壁，斜倾，注水，慢慢把小缸引出坛口。几十年了，都这样。后来，学生娃在缸上钻两个小眼，穿绳，拴棍，提水时手就不用进坛子了。他觉得改革了的小缸挺好，但也没觉得没改革的有啥不好。

水一倒进锅，就让它滚去吧。新疆爷要和面了。他取过那个大碗。就是那种青瓷大碗，市面上早不见了，厚，重，结实。结实的东西就多用，吃饭用它，和面也用它，倒省了买那专门的和面盆了。他往碗中舀勺面，注水，伸三指，捏，团，不几下，就成拳头大个疙瘩了。用手捏捏，放案板上拍拍，成饼状，用切刀，一下一下的，切成长条，取一条，双手搓成细条。吃稠饭，下长的，吃清的，揪成短的。

几十年了。

老是老了，真老了，吃了稠的，不消化，就吃清的。清的好，汤汤水水的，舒坦。舒坦不用花钱，搬个小凳，看星星，望月亮的，舒坦。日头爷升了又落了，树叶儿绿了又黄了，谁也没有把新疆爷的舒坦抢了去。

黄昏降临了。

那黑颜色来得慢，三慢两慢，新疆爷的饭就熟了。端了碗，坐门槛上，用筷子夹点面条呀啥的，施舍一下鬼神，就吃。那声音是极响的，吸溜吸溜，碗里冒气，头上也冒气。面前的碗里，盛着同样的饭。这是他为一个朋友准备的。那是条黑狗。此刻，它正从村东头的女人家款款而来，踏着淡淡的月光，印一路梅花。等它不声不响地吃尽碗中的饭后，就沉默着同他交谈。这是新疆爷一天中最惬意的时刻。他忘了自己，忘了狗，忘了村里人。

——发表于《飞天》

美丽

1

猛子死也想不到，他新婚的妻子月儿，竟然患着梅毒。他虽有预感，但还是被殛晕了。……怪不得，她一直不叫他碰呢。她的理由是，兰州时，用别人的盆子洗过下身，染了脚气，说脚气有病菌，怕传染。婚前也是，他一冲动，她就说："急啥？等结了婚，我就是你的。"当时，他还把这当成她贞洁的证据呢。

见识了城里太多的水性女子，月儿那最后的坚守曾令他感动。近些年，他闯荡也罢，奋斗也罢，挣扎也罢，也经了一些事，明白在这个时代，爱情已成为奢侈。虽也有打工妹想和他交朋友，但他无法容忍她们有过的性经历。朋友嘲笑他：别痴心妄想了，这个时代，哪有结婚时还是处女的？他说，会有的，农村会有的。那时，他打定主意，既然城市已被污染，那他就到家乡去寻找他的爱。谁知，他新婚的妻子，却患了梅毒。

万念俱灰。

医生劝他：“你应当感激她才是。人家也是棉花，一见火也燃哩。人家的忍，你才没染病。”

猛子苦笑几声。这时，他才觉出了后怕。对月儿的怨恨，因之淡了些，但心头的那份痛苦，却依然沉重。他打定主意：离婚。这决定很解气，心头的沉重也轻了。但同时，又想：“离了，她又咋活？”

月儿在走廊另一头的坐椅上，低垂着头，任剐任杀的模样。猛子过去，月儿没抬头，只往旁边挪挪。猛子木木地说：“走吧。”不管她，先出去了。

外面是亮晃晃的天。这灿烂的天，反衬着心里的阴沉。猛子长长地吁口气。他想到了爹妈，想到他们为娶媳妇花的那疙瘩钱，不由恨起月儿。他停下脚步，回头，见月儿倏然瘦小了许多，衣服宽大了。清风吹着她的头发，在惨白的脸上乱拂，无助和恓惶从她那弱小的身上渗出。猛子心软了，想：“她也是个弱女子呀。”便打定主意，先治好她的病，再离婚不迟。虽是个名义上的夫妻，也不能扔下她不管。

等月儿赶上，两人并排了走。谁都不说话。城里很静，虽有无数的喧嚣，但仍然很静。两人的世界寂寞着，无声无息。只有一种惨白的感觉酵了心，啥也不想说。

见月儿嘴唇很干，猛子买个雪糕，递过去，说：“啥都别想，有病就治吧。”月儿木一阵，却哭出了声：“猛子，我是怕失去你，怕极了。明知有病，仍要和你结婚。再不结，我就错过一生了。”

月儿说，她先是打定主意要跳出农门的，可进了城市，才发现，她进入的，是别人的城市。她永远是个漂泊者，无着无落，一若浮萍。她找过好多份工作，也坚守着自己的贞洁，但她一直是个无着无落的幽灵。后来，爹在村旁的牛路坡开了卡厅，叫她回来，专管收钱。她回来了，因为她的美丽，招来了许多客人，开始只是陪酒。一天，来了一个北京老板，答应要娶她。病就是他给染的。

月儿说，患病前后，她经了很多事，终于明白，最珍贵的，还是乡下的那份淳朴的爱。那个北京人消失之后，她昼夜哭泣，发疯般地想念猛子。猛子回来后，她不顾一切地追逐他，边治病，边张罗婚事。她相信她会治好病的。她会用自己的一生，来殉这份真爱。

猛子静静地听着，心里奇怪地平静。月儿说的，他懂。在那儿，他也有过局外人的尴尬和痛苦。一夜，没找到工作的他游荡在街头，那饿冷的感觉撕咬着他。四面的建筑物很高大，亮着的窗户，眼睛般望他，但他找不到能躲避寒冷的角落。他只是沿着那泛着惨白颜色的大街，走过去，再走过来，数着脚步，也数着时间。他不知道，一夜，竟会是那样漫长。那种局外人的感觉，一直没能消失。

猛子摇摇头，扭过头，见月儿正望他。他很熟悉那种目光，当初，患了绝症的大哥憨头看医生时就这样。猛子的心突地热了。他揽揽月儿的腰，用了很大的力。月儿哭出了声。

凉州街头人很多，闹的，吵的，叫的，没人注意一个女孩的泪，没人注意一个男人的痛苦，没人注意身边还有正受着煎熬的心灵。身边的人虽在熙攘，但猛子觉得他们很遥远，远到心外了。他揽了月儿的腰，朝前走去。月儿仍在呜咽。一股强烈的怜惜淹了猛子的心。

他知道，自己的命运，已经和这弱女子紧紧地连在一起了。

为了散心，猛子陪月儿逛了几个地方，俩人都极力表现出好兴致以影响对方，但很快，谁都觉出了虚假和疲惫。月儿便收了笑，眯了眼望远处，脸上带一抹淡淡的愁。这使她显出一种异样的美。猛子想，要是她没有那事，该多好。这一想，心就灰了，觉得自己心里最美的东西被打碎了。当初打工时，最艰难的时候，他也有向往，向往事业，向往爱情。现在，他的妻——他无数次设计过的角色——竟然有那样一段不光彩的经历。……他可以容忍月儿的病，但不能容忍她曾有过的浪漫，每一念及，就像吞了污水一样。他极力强迫自己不去想它，但那令人作呕的场景，总往他脑中窜。每到这时，那离婚的念头就会子弹一样打中他，一种快意的报复感就会弥漫开来。

“我可不想当退水沟。”他想。凉州人眼里，当“退水沟”是最没出息的。所谓“退水沟”，就是农民浇水时，放多余的水的备用沟。《红楼梦》里，薛宝钗入宫不成，贾宝玉就成了他的“退水沟”。凉州人眼里，当“退水沟”，是很屈辱的。

猛子想，她是想当城里人不成，才退一步嫁给他的。又一想，自己不也一样吗？他也想成为地道的城里人，有楼房，有工作，月月有个麦儿黄，终于没能如愿，才娶月儿的。看来，他俩是互为“退水沟”的。

这一想，猛子的委屈淡了些。

那无论多么强硬的“离婚”想法，一面对月儿，就“软化”了。月儿的脸白苍苍的，渗出一种无可奈何的绝望。猛子又想到了死去的哥哥。只有生命受到巨大创伤的人，才能读出那种无奈。猛子默默地叹口气，想，走一步，看一步吧。

回城的车上，谁都无语。猛子很想说些高兴的话题，但却明白，这时候，还是啥都别说的好。猛子觉得自己被一个无形的罩子罩着。外面是别人的世界，充满欢乐；里面，是自己。记得自他懂事起，就有这感觉，老有种被流放的感觉。待在任何一个地方，那流放感，总消退不了。上学时这样，打工时这样，被命运扔向这个叫“家乡”的沙旮旯里时，也这样。

月儿望着窗外飞逝的景致，一脸木然。猛子发现，世事的变化，也如车外景致，总哗哗地变，稍一晃，就物非人非了。几年间，他经历了许多事，生的生，死的死，原以为笑的，偏偏哭了；原以为能挣出土地的猛子，却偏偏割不断系他的绳索；原以为能找到乘龙快婿的月儿，却染了一身的病，成为农民的妻子——想到这“妻子”一词，他的心揪了一下，以前，他死也不会想到，他会有得这种病的妻子。

想到妈时，猛子揪起了心。月儿长得俊，给妈长脸不少。妈老说：“我们村的媳妇，就我家的最亮活。”这也是实情，可月儿却害了这病。那是在打祖宗的脸。妈要是知道，也会抬不起头来的。一想到月儿家人，竟这样瞒天过海，在活人的眼里下蛆，气就不打一处来。

2

猛子妈终于发现了月儿的异常。

次日早晨，妈上地干活前，给猛子安顿事，一推门——自得知月儿的病后，猛子决定不锁门，他怕自己万一冲动干出傻事——月儿正打个手电洗那下身。妈一眼，就发现了异常。月儿惊呆了，怔了怔，才捞过纸，捂住下身。

妈瞅瞅地上的药水瓶、棉花、卫生纸们，变了脸色。她叫出猛子，悄声问："别骗妈。她害的，是不是杨梅大疮？"妈脸上，有种大白天见鬼的神色。猛子笑道："妈，你胡说啥呀？"妈却直了眼，呻唤道："天呀，我造了啥孽。"她的眼泪立马涌出，开初，她还强抑着，不发出哭声。哪知，越抹泪，倒抹出一脸水光来。

"妈，你眼花了吧？"

妈边抹泪，边说："娃子，我吃了几十年饭了。当初，贼骨头的二姐就害过这病。我见过的，那阵候，跟她一样……娃子，她害了你了。"话音没落，爆出哭声。

猛子知道瞒不住了，也明白，妈以为自己已跟月儿圆过房了，就劝道："妈，我没事的。我没有碰过她。"妈住了哭声，望他："真的？"猛子点点头，妈却搂了他，发出更大的哭。

猛子觉得脑中嗡嗡响着，心里既觉得难受，却又轻松了许多，想，叫他们知道也好。这号事，终究瞒不了人的。

哭一阵，妈抹把泪，说："娃子，你是念过书的。你的阵势你知道。妈不好说啥。妈只告诉你，那黄水水，你只要沾上一点，这辈子也就完了。"说着，她又骂起来："那号猪狗不如的老畜牲，明知道自己的丫头有病，却来害我的娃子。"

猛子怕月儿听到难受，就劝道："妈，你少说两句。谁又想害那病呀。人家又不是故意的。"心里却又怨恨起月儿的父母来。

爹进了庄门，以为妈又和谁犟嘴，就怨道："老妖，又是啥事？你一天不干正事，刀枪矛子地乱舞啥，闹得鸡飞狗上墙的。"妈拧把鼻涕，说："你娶了个好媳妇，把杨梅大疮带到家里来了。"爹吃了一惊，望猛子。猛子解释几句，他以为父亲会震怒的，因为他一向反对自己和月儿的婚事。他希望猛子娶个能下地吃苦的丫头。不想，爹只是阴阴地望一眼洞房，又阴阴地望一眼猛子，啥话都没说，就坐在台沿上，机械地抽烟。

猛子进了小屋，见月儿坐在炕沿上，木头一样。猛子希望她像妈那样哭。有时，哭能泄了心中的难受，但她却只是呆怔。屋里充满了一种浓得化不开的沉闷和死寂。地上的盆子很扎眼，一汪黄水，几团卫生纸，还有那歪倒的玻璃瓶，几晕黄色的药末，都压在猛子胸口。

月儿雕塑似一动不动，猛子不知说啥好。他只是长长地叹口气。他理解爹妈心中的痛楚，也理解月儿的绝望。他们都是受害者，可却都不知道害人者在哪里。是命运吗？命运是个虚幻的、不可捉摸的东西，它并没有直接干预过谁的生活。

猛子抚抚月儿的肩，安慰道："这事儿，人家迟早会知道。"

这一说，月儿才涌出了泪。那泪水，先是争先恐后地往外涌。月儿极力强抑着哭声，时不时发出哽咽。猛子的心也酸了。他拧好瓶子，捡了那纸，把盆子放入椅子下。他不能去倒那脏水。此刻，他一不小心，就会伤害妈。妈疼了他一辈子。妈疼他，养他，并不是为了给"杨梅大疮"倒尿盆的。

月儿边抹泪，边说："这事儿，也不怪爹妈。他们不同意，是我铁心要嫁你的。再迟了，你就叫人抢了……谁知，它这么顽固。"

"别说了。我又没怨你。"猛子搂搂月儿的肩，出了门。院里阳光灿烂了。几只鸡在四处觅食。爹举了烟锅，半晌不动。

妈却不见了。猛子怕她去月儿家，急忙出了庄门，往月儿家去了。

3

猛子妈真去月儿家了，边走，她边骂："老祸害！老祸害！"她心里鼓荡着一种气，横冲直撞的，正找出口呢。农忙了，路上人少。几个娃儿一见猛子妈的阵势，知道有好戏看了，都做个鬼脸，悄悄尾随了，边学猛子妈的姿势，边吐舌头。

老祸害！猛子妈骂的对象是月儿妈。虽然月儿爹也定然参与了此事，但猛子妈认定是那个"老祸害"作的祟。把"杨梅大疮"充黄花闺女，这比卖假药更可恶。那一疙瘩彩礼不提，若是娃子真沾了身，不等于杀人吗？老祸害。老畜牲。老牲口。老杂毛。她想着一个个能泄愤的词，但啥词儿，也泄不了心头的仇恨。

路上土多，溏土溅起，染白了裤腿。她呜呜似闪电，顾不上择路了。几人问她，她理都不理。那几人互相望望，也尾随了。这些年单干，轻易遇不到热闹事，谁也不放过这个看大戏的机会。很快，猛子妈身后拽了个长长的尾巴。

月儿家的庄门虚掩着。猛子妈一脚，就踏出了搅天的声响。一辈子了，她还没这样威风过哩。那声炸响，惊出了月儿妈。她见猛子妈来，知道没好事，却仍是堆了笑："哟，亲家。"

猛子妈吼一声："老祸害，你干的好事！"她边骂，边脱下鞋。月儿妈还没反应过来，脸上已挨了几鞋底。"叫你害人！杨梅大疮！"猛子妈边骂，边抡那鞋子。开始，月儿妈还躲着，一听"杨梅大疮"，便一下子萎倒在地，任对方鞋底往脸上扇。那张脸先灰了，接着印满了脚印，接着又紫了，一缕血流下嘴角。

若是对方反抗，猛子妈可能越战越勇，可亲家偏偏放下了武器，支棱着那张脸，由她逞凶。她扇了几十下后，觉得再扇，外人会笑话她的，就穿上鞋，捡起一块石头，进了屋，叫："砸了你个杨梅大疮！"屋里便响起玻璃破碎的脆响，随后是木器断裂声和各种声响，最后是扯长了声的嚎哭。

"老祸害呀——老祸害——，你咋拿杨梅大疮骗人呀。"她边嚎边骂，是典型的哭丧架势。

月儿妈木木地坐在门口，身上脸上满是土。她的眼睛干枯枯的，像两口干涸的深井。她强悍了一辈子，村里人从来没见过她的这副孬样。按她以往的做派，还口还手，都不在猛子妈之下。两强相遇，才有好戏。不过，虽没看到想看的好戏，人们还是听到了一些新鲜事。有人问："啥是杨梅大疮？"有人就解释，问来猜去，就明白了一些事儿。

猛子以为妈仅仅是去私下里兴师问罪，却不料闹出了惊天动地的响动。他连忙跑往月儿家，见门口黑压压了，不由顿足。他恨起妈来，明白她这一闹，月儿的名声就毁了，叫月儿以后咋活人？他一顿足，拨开人群，见月儿妈在院里呆坐，那样子，很是可怜，就上去拉她："大妈子，起，起来，有啥事，到屋里去说。"哪知，不拉时，她还只是呆坐，一拉，反倒拉出了扯天扯地的嚎哭。她边嚎，边撞头抢地，额头上多了几个青包。

"你们望啥笑声？"猛子朝门口的人一瞪眼，于是有两人上前，抢住月儿妈的胳膊。

猛子进了屋，见地上有一地碎镜片。地桌上也多了几个窟窿，露出木渣，知道这定然是妈的手笔，不由顿足长叹。

妈坐在炕上，扯长了嗓门，哭丧似嚎，时不时骂一声"杨梅大疮"。她已将一床红绸被子拉开，铺在屁股下。尘土和其他脏物将被子弄得污秽不堪。猛子的脑袋一下子大了。她咋能这样？平素里，虽也老见村里女人演这剧目，妈却很少使这招。在猛子的印象中，妈只使过一次：小时候，他叫大头打出过鼻血，妈扯了他去，糟践了大头一次，从此，村里没人敢欺负他。妈一定气糊涂了。

“妈，你别丢人好不好？”猛子气出了眼泪。

“丢啥人？你说我丢啥人？我又没拿杨梅大疮，冒充黄花闺女。”妈撒泼般吼。

猛子哀求道：“你别嚷嚷成不成？你叫人家咋活人？”

“她咋不想想你咋活人？花了一疙瘩钱，却买回个杨梅大疮。”

猛子不由长叹。他怨妈：你就不能顾顾我的面子吗？月儿是谁？是你的儿媳妇呀，你在臊谁的脸皮？可妈想不到这些。对妈的不可理喻，他束手无策。一想到月儿因此受到的伤害，不由得发急了，村里人的唾沫会淹了她的。

两个老人都扯长了声嚎，一嘶哑，一雄壮，你高我低，此起彼伏。围的人渐渐多了，嘀咕声也多了。那本该是秘密的，此刻已大白于天下。猛子反倒坦然了，想，也好，索性挑明了，细想来，也没啥。他反倒轻松了许多。

4

村里人知道了月儿的事，都骂月儿家，都替猛子抱不平。开始，猛子妈还很解气地应和，渐渐，她觉出自己的不是了，但她面里不承认自己的错。月儿家送来了五千块钱，叫他们先给丫头看病。

妈明白这是闹来的结果。但这结果，却是以伤害月儿为代价的，唾星搅天，凡有人闲聊处，都聊这话题。每次提起，都有人朝月儿家吐口水。有人甚至扬言，要将月儿拉到家府祠里批斗一顿，谁叫她给当家户族丢人，但说归说，都忌惮月儿哥白狗的横，不敢乱来。

在村里人的印象中，只有“贼骨头”的二姐干过那事，解放前，她在凉州城里的河西大旅社卖笑，后来遭了恶报，害了杨梅大疮，死得很惨。此外，还没听谁干过这营生。近年，村里出外打工的女娃虽多，但多隐了名姓，跑了外地，虽也疑惑那飞来的汇款单，但毕竟没啥证据。月儿却是铁证如山，那梅毒，硬硬地将她钉上耻辱柱了。村里人甚至怀疑猛子也染了那病。他们不信棉花见了火不燃，不信猛子搂着那么水灵俊俏的肉身子会守身如玉，于是谁都耸耸鼻头。这一来，女人们见猛子就躲，仿佛怕他把杨梅大疮强暴给她们，甚至连那几个丑陋之极令人作呕的垢甲婆娘也不例外。

猛子妈终于明白，自己的所为已影响到儿子的清白。这阵候，即使猛子离了婚，怕也没人将闺女嫁给他了。于是，她只好先将那“离婚”念头放下，说，先治吧。她估计，有了白家送来的五千块钱，那啥疮，也能叫科学揪了去的。

表面上，妈虽不认错，但在实际行动上已向儿子和儿媳表示了和解。她说服猛子爹，花了八百块钱，买了个旧摩托，叫猛子定期捎月儿去凉州城看病。糟糕的是，月儿对抗生素过敏，平时治梅毒的特效药都不能用。嫁猛子前，她就住过医院，虽有好转，但没能根治。好在凉州城里有个老头，用家传祖方专治梅毒，据说很有效。月儿治过几次，有点效果。

只是忙坏了老两口。那杨梅大疮，是悬在头上的剑，不定何时就会落到儿子头上。虽然他们相信猛子确实没碰过月儿，但以前的没碰，并不等于今后的不碰。猛子正是“钻出火”的年龄，保不定哪天，感情一冲动，来上那么一梭子，叫那杨梅大疮一舔，就麻烦了。

老两口于是整天提心吊胆，除了一次次叮嘱猛子一定守住阵地外，还给猛子定下一条规矩：晚上睡觉，不准锁门。猛子妈又私下和老头子商定，由两人轮流值夜，等小屋一熄灯，就赤了足，悄悄过去，蹲在门侧，听那动静。若有异样，惊动一下。开始，爹嫌这法儿损，有做大不正之嫌。后来，见老伴一人值夜太辛苦，就应允了，老伴值前半夜，他值后半夜。

猛子并不知道，自己的一切，已置于父母的监督之下。

这夜，月儿洗完身子，扑了药粉，穿好了裤子，上炕躺下。那病，虽没往恶里变，但也无明显好转的迹象，两人商议一番，想去兰州治，又听说兰州用药也多是凉州医院用过的那些，怕白花钱，月儿很犹豫。两人谈了一些别的事，多是上学时的趣事，月儿显得很愉快。她人虽瘦了些，那美丽，却没受多少伤害，反倒因怜悯之情，在猛子眼里越加美了。猛子伸手，握住另一个被窝里的手，一想这如花似玉的人儿，却能看不能用，不由得心酸哀叹。

月儿说你别叹气，等治好病，你咋也成，只怕你到时候有心无力。

猛子说，到时候，你别告饶就成。月儿哧哧笑了。

两人你一句，我一句，打趣一阵，猛子觉得月儿的手心里汗津津了。那汗津津的感觉很有诱惑力。他一下紧，一下松，握那小手，滑的感觉令他想入非非，就伸过头去，吻月儿。哪知，两个嘴唇一合，就再也分不开了，嘴唇咬嘴唇，舌头绞舌头，咂咂连声。这夜，正是猛子爹值夜，他不由大急，偷偷摸回书房，捣醒老伴，说："有响动了。"老伴披衣出门，厉声叫："猛子——。"猛子应一声。妈说："来，给你爹找个去痛片，他头疼。"猛子并无耽搁，应声而来，打亮手电，在一个纸包里找出去痛片，沏了水，递给爹。出门时，妈叮嘱道："你们可离远些，那水水，一沾上，就有了病。"猛子说，知道知道。听了猛子的说话语气，爹放心了。妈却提悬了心，穿了衣，又去值夜。

那阵隔靴搔痒的肌肤之亲给两人带来了极大的刺激。虽仅仅是接吻，两人还是觉得其乐无比。相隔时，你是你，我是我；相拥时，却是你中有我，我中有你。那种巨大幸福将一些不快挤到了外面。为了避免意外，两人都不脱裤子，开始两人还穿着内衣，渐渐，觉得内衣碍手，索性也扒了，就裸了上身，相拥而卧。

猛子和月儿于是沉浸到一种异样的新婚幸福里。猛子觉得自己已向下滑去：开始，两人仅仅是握手，渐渐发展到接吻，进而拥抱了，随着肌肤之亲的逐渐深入，快乐越来越多，诱惑也越来越大。

那一连串的响动，每每将猛子妈弄得心惊肉跳，一有风吹草动，她就叫猛子取药。猛子倒始终没发觉父母的窥视。他并不知道，他的那一点点快乐，要给爹妈带来多大的惊恐。

随着诱惑的渐大，猛子觉出了痛苦。月儿那少女的身子，勾起了久违的许多感觉。身子已不太听理智的使唤，指不定何时就燃起大火，那相吻和相拥，却总是火上浇油。月儿的性情又柔到了极致，每每在相拥时发出天籁似的呻吟。她也许是有意取悦猛子，也许是身不由己，但带给猛子的，却既是享受，又是痛苦。

但同时，也令值夜的猛子爹痛苦不堪。“浪货！浪货！”他不停地咕哝。他怕听到那声响，却又怪怪地渴望听到，每每弄出一头的汗水来。

在这层层的爱抚中，猛子和月儿的感情急剧升温，加上两人要共同面对的那个病魔，他们谁也离不开谁了。月儿只有在和猛子拥吻时，才感受到做女人的甜蜜。和性爱不同的是，性爱的高潮往往是情绪低落的开始，而接吻和拥抱，则是永无止境的激情。同时，因为有了可望而不可即的巨大诱惑，反倒更增加了黏合力。

这夜，两人一如既往地打趣一阵，继续着情人间的抚摸。开始，他们还仅仅是接吻，但月光透过窗帘，渗入小屋，小屋便隐隐幻幻了。猛子发现，月儿竟是那么美，是任何词汇都无法形容的那种美。一种温柔到极致的波从月儿身上发出，逗得猛子烈火熊熊。月儿静静地望着他，目光沉静而忧伤。她强抑着起伏渐大的胸脯，手指在猛子身上游动。猛子吮吸着她少女的乳房。那圆圆的、柔柔的尤物，叫猛子欲死欲仙。开始，猛子还能强迫自己冷静。很快，他就被一股巨大的狂潮卷没了。他扑到月儿身上，发疯地吻。他想，只要能和月儿融为一体，死了也值。月儿先是挣扎，很快，她也变成了一团大火。猛子取出备好的避孕套，喘吁吁说："带了这个，就一次。"月儿慌乱地摇头："不……不……"但很快，她也默许了。猛子手忙脚乱地撕开塑料袋，一个软软的东西跳上指尖，巨大的幸福正扑面而来。

这时，妈的声音却厉厉地刺来："猛子——，院里有贼！"

月儿这才明白了，公婆在窥视。她像遭烫的孩子那样大哭。猛子也哭了。两人相拥了，肆无忌惮地哭到天亮。

5

除了一如既往地进城治疗，猛子妈还到处寻找土方。好些人虽听说过杨梅大疮，但它是红是黑，是圆是方，谁也说不出个子丑寅卯。再说，猛子妈也不能逢人就说自己儿媳得了那脏病，她只是向相好的寻问。那相好的，又有相好的，好好相串，所有的人都知道了月儿是个"烂货"。这样做虽然客观上损害了月儿的名声，但也起到了它预期的作用。这天，"贼骨头"悄悄告诉猛子妈一个土方：用牛粪熏。他说："那时，有些才患病的，也有叫牛粪熏好的。"他的理由是，牛粪里有百草的精气，能治病。

猛子妈虽然说不出牛粪里有啥精气，但还是弄来了好多干牛粪，堆到脸盆里，要给月儿熏了。起初，月儿不让，她不信牛粪比药还管用，但挡不住婆婆的热情。于是，她赶出了猛子——她是死也不让猛子看那脏烂处的。

猛子出去后，月儿褪下裤子，露出病处。猛子妈大吃一惊。有好几处已经烂了。黄黄的软烂疮中，流着黄水。她怕月儿难堪，也不去问一些她想问的话。虽也憎恶月儿以前的失足，但还是从心底里升腾起一股怜悯来。她煨了牛粪，一点火星，渐渐渗开。那不是寻常的火，是希望之火。火慢慢扩散着，一缕白烟，袅袅上旋。猛子妈移了那精气，去熏那疮。开始，倒不显啥，但随着火的渐大，烟的大浓，那疮处有黄水渗出，渐渐凝成一滴，滴入火中，发出嗞嗞的呻吟。

月儿有意下蹲了体位，叫那烟熏。那火燎黄水的嗞嗞声很解气。那是世上最大的恶魔，它害了许多人，又来害她。月儿甚至觉出魔鬼被烤得龇牙咧嘴惨叫不已。她感到很快意。开初，那暖暖的火烤疮处的感觉很舒服，渐渐有了疼，那不是寻常的疼，而是一种舒服的熨疼，它裹挟着舒适，一晕晕荡。真想融入火中，成为一团蓝色的火。她悄悄对那魔鬼说：“你滚吧！否则，我会跟你同归于尽的。”

随着体位越来越下，黄水滴得越来越多。一股难闻的恶臭弥漫开来。月儿甚至觉出了灼疼。这时，已不仅仅是熏，而变成了烤。月儿很性急。她想，最好一次两次，就把那病烤好，叫那冤家，好好闹活一场。每次看到猛子焦渴的样子，月儿总是心疼。在她的感觉中，猛子倒像她的儿子，尤其在他吮吸乳房的时候。

看到月儿快把伤处贴火上了，妈在她腿弯处衬了个毛巾，叫她抬高些。她说主要是熏，而不是烤，要是烤坏了皮肤，添了烧伤，反倒不好。

烤一阵，妈端出了火。月儿在疮处衬了纸，整好衣裤，躺在床上。

她觉得很累。那炽烤处隐隐发疼，但她仍然很高兴。终于又有了一个法儿，而且，不用花钱。她眼里，一个法儿就是一条路。许多时候，她觉得自己的路断了，有种走投无路的感觉。这使她心如死灰。当初，她以为这病虽恶，但现在科学发达，又不是啥绝症，才满怀信心地和猛子结婚，边筹办婚事，边抓紧治疗。原指望能在订婚到结婚的那段时间里治好病的，这样，也不影响正事。哪知，病竟是这样顽固。那烂处，都伸了舌头，一下下舔向四周，舔呀舔呀，好肉皮就烂了。早知这样，她会另有打算的。

躺在床上，懒洋洋望顶棚。那拉花，仍散发着新婚的喜庆。这让月儿想到了夜里和猛子的拥吻。她发现，啥都是心的作用。因为爱猛子，虽是个寻常的吻，也激荡着幸福的波晕。她想不出治好病后，两人会有怎样的幸福，那一定是个巨大的幸福漩涡，它定会吞了那冤家的。月儿抿嘴笑了。

6

月儿出了家门，走向大沙河。

她已回到了娘家。因为猛子爹妈已疲惫不堪了。白天，在地里苦，夜里还得值夜。那种值夜，又最是熬人，时觉有风吹草动，时时如临大敌，精神紧张到了极致，再折腾，怕成精神病了。这倒在其次，最怕的是，万一两人感情冲动，或在睡意朦胧迷迷糊糊中，成就了好事，那大错，就无法挽回了。所以，老两口决定，先送月儿回娘家住，待治好了病，再圆房不迟。此外，爹妈还打算给猛子找个营生做，免得他闲极生事。正好，城里文庙派人来找猛子，想请他帮忙，翻译整理些西夏资料。真是瞌睡遇到了枕头。猛子还在犹豫，爹妈已一口答应了。这下，老两口才松了口气。于是，猛子就骑了那摩托去上班，每两天回家一次。

月儿越来越离不开猛子了。虽说她也渴盼健康，但这已退至次要位置。她最渴盼的是见到猛子。她每分钟每分钟地捱，真度日如年了。家中显得很沉闷。村里人很少来串门，也许是怕沾上她的“病水水”，都谈梅色变了。她每天用牛粪熏好多次，效果很好，有些地方已经结痂。除了每周进城治疗一次，她所做的，就是熏，并吞下大把大把的药片。但好的是，那病魔乱舔的势头，已遏制住了。希望之火，在生命里越燃越凶。

一踏出家门，她就照例见到远避的人，主要是女人，仿佛与她有深仇大恨似的。她们定然怕这“骚货”勾引自己的男人，再间接把病传染给自己。月儿感到好笑。有时，她也会遇到男人，当家户族都远远躲了，定然嫌她给家族丢了脸。倒也是，他们和外族人吵架时，只要对方一骂“杨梅大疮”，他们就先泄了气；异性男人却不躲，反倒趋前来，在月儿脸上仔细扫着，不知是想窥出她脸上的淫荡，还是希望发现她渗到脸上的“大疮”。月儿就由了他们看，一脸的义无反顾，需要时，还向他们礼貌地点头示意。记得当初，她是那么害怕叫村里人知道，现在，真知道了，倒发现真没个啥怕的。

现在，她最怕的，就是失去猛子。猛子已成为她的宗教。以前，她有好多盼头。后来，盼头一个个破灭了，最后只剩下爱情了。要是没死亡的威胁，这爱情，也许不这么强烈。因了一个死神候在身侧，爱反倒怒潮般汹涌，而且，爱的狂潮往往能卷走对死神的恐惧，或是索性就淹没了死神。真的，跟猛子见面的渴望，反倒淹没了疾病的感觉。

每到猛子要回村的那天，月儿就早早起了床，早早打扮好，早早到那必经的路口。路口有棵沙枣树，她就倚了那树，望羊肠小道的尽头。幻觉里，猛子就骑了那辆可爱的破摩托忽悠在路的尽头。虽然老是幻觉，但幻上一千次，那真的猛子就会出现。一旦出现，月儿就心跳不已，一股巨大的幸福就席卷了自己。她就会去迎那渐趋渐近的彩点，跑呀，跑呀，到近前，扑上去拥吻。有时，扑的势头太猛，也会将骑车的猛子扑倒。两人就嘻嘻哈哈，滚在沙洼里，直到发现汽油已顺盖子流出时，打闹才停止。然后，他们扶起摩托车，猛子骑了，她也骑了，很紧地搂了他的腰，缓慢地颠簸着回村。

这是她最幸福的时刻。这时一般已到黄昏。太阳已悬到沙山顶上。村里会升起许多炊烟。牛路坡那儿也会有好多烟腾上半空。无风的时候，烟是不散的。烟只是升高升高，到一个高度后，就不再上升，而是散落下来，罩了村落和小道。月儿就觉得自己在童话里游。摩托的突突声很轻微，温柔地在心上舔。有时，还能在路上碰到牧归的羊群。羊们都死皮赖脸地在车前磨蹭。猛子就吆喝着打喇叭。羊们就会扭过那冒着傻气的脑袋，望一阵月儿，眼里竟有种羡慕的神色，全然不顾将要辗到自己的车轱辘。月儿感到好笑，边朝羊们做鬼脸，边“咩咩”地叫。她叫得很逼真。她一叫，总会招来一大堆的“咩咩”，猛子就笑了，说：“看样子，你前世里是只羊。”

猛子去城里的时候，月儿就想这场面，想出一脸红晕和痴迷的笑。

每次，到牛路坡时，淘金的沙娃就会叫，扯长了声音，嗷——，嗷——，但那声里并无恶意，只表示好感。猛子捎她回家时，他们都不再叫，只攒了脑袋看，悄声无息的。

美中不足的是，那一天实在太漫长：月儿是早上太阳冒时就到那所在的，猛子是太阳快落山时才回村的。月儿总要带上馒头，带上水，带上药。出门前，妈就会问她，去这么早干啥？她也不去解释。只觉得屋里待不住，而在那儿，总是有盼头的。只要那羊肠小道上出现个黑点，她的心就会狂跳，就望呀望呀，那黑点，先是猛子，后来就变成了另一个面孔，或男人，或女人，月儿也不恼，只干咽一口唾沫，再望那小路尽头。

这次出门时，日头爷带了个风圈儿。妈叫她别出去了，说是这阵候，肯定是老毛黄风，人家说不定不来。月儿却不听，她裹了头巾，又去那儿。晌午时分，真起了老毛黄风，黄风褐浪，滚滚滔滔，席卷而来。沙子掺和到风里，拧成沙鞭，一下下抽她。她先是倚了那沙枣树，后来，风就不叫她再站立了。她就猫了腰，蹲下，用那头巾，捂了鼻脸，只留个小缝儿看那小路。风最猛的时候，小路就没了，天地间茫茫一片，除了风，除了沙，啥也没了，日头爷也没了。月儿就念叨：“你别来了。这么大的风，你别来了。”可心里还是希望他早一些出现。她既怕他风天里骑车不安全，又怕他真不来了见不着她。她就忽而盼他别来，忽而盼他来，倒将身外的风沙忘了。

村里有几个进城的人过来了，一见那风中瑟缩的点儿，便知道是月儿。自打月儿隔一天来这沙丘上等猛子，村里的骂声就稀了，好些人心软了，一见到苦等的月儿，就劝她别等了，他来的话，自会去你家找你。可月儿仍是等。

风最大时，就没天了，只有飞窜的风沙；也没路了，只有一块风沙织就的幕布。那布，也罩在心上，造出一种传说中的地狱印象。虽生在这儿，月儿还不知道风沙竟有这般能为。以前，风沙起时，人多在屋内，那时的风沙，只是声音，沙泼窗纸声，风过树梢声，怪风啸叫声，或唰唰，或嗷嗷，或神头怪脸地叫一些莫名其妙的内容。此刻，那诸般声响，却混乱成了一团。虽用头巾裹了脸，沙却搜缝儿窜入，打上肌肤，死疼死疼的。

那条小路隐现于风沙中，若有若无，跟悬上西天的亮晕一样，虽模糊，却透出极强的信息来。几株梭梭死命摇曳，风想将它拔出，梭梭虽也随了风的性子，但那根系，却死死咬入大地，不肯放松。顺了捂口鼻的头巾上沿，瞅一阵梭梭，月儿竟被那梭梭感动了。她想，就是，要像梭梭那样活呢。

几点黑影从风沙里移了来，月儿心一动，惊喜溢满了心。她想，这回该是他了吧？虽已失望多次，她还是充满希望地将掠入眼中的一切都当成猛子。这样好。这样，风沙里透出的，就是希望。

那黑点儿近了，近了，看出是两个人，男人推自行车，女人在身后推，车架上捎个娃儿。风将那几人的衣襟一鼓一荡。每一鼓荡，车都趔趄，但终于没被吹下路基，再近些，月儿辨出，是同村人，就大声问：“婶子，你们见猛子没？”话才出口，就被风抢跑了。问了几回，对方才听清了内容，答：“没。这路上，连个鬼影也没有。回家吧，这阵候，他不会来了。”月儿心灰了许多，却又欣慰：不来也好，这号天骑车，别出啥事。

见那人走远了，月儿又猫回沙枣树下。倚着的那树干一下下拱她的脊背，身子便随那拱摇晃，却觉出一种温暖来。此刻的世界里，它是唯一向自己表示亲近的活物了。那力道，透出强劲和柔韧，也充满了关怀，仿佛说：“回去吧，回去吧，这么大的风。”一股热涌上鼻腔，泪花模糊了眼睑。

但月儿仍不想回家。这些日子，家似乎没有了温馨，只透出沉闷。倒是这小道，因为能载来幸福和期盼，而洋溢了温馨。风虽在卷，沙虽在滚，小道虽时时模糊，但那路的尽头，可能会出现她盼望的影儿，那就候吧。等得来，等不来，倒成了次要的事。温暖心的，是等的过程。

日头爷慢慢移下山洼，风小了，沙乖乖地待在新落户的所在。月儿想，他可能不来了，这么大的风，你不来，我也不怨你，却仍是拨亮眼珠，望那路的尽头。终于，酸涩的眼眸里，渗出了一个黑点。那黑点，慢慢洇大了。月儿品出了熟悉。她惊喜地扑了上去。

这回，是猛子。

扑入猛子怀里时，月儿幸福地哭了。猛子也很紧地搂着她。两人的泪掺和到一起，洗刷着脸上的尘土。两人谁都明白，自己离不开对方了。

坐了摩托回村时，沙娃们起劲地欢呼，仿佛他们也等了一天。月儿闭了眼，将脸贴到猛子背上，流出了幸福的泪。

7

不知从哪天起，月儿发现，病又重了，结的痂开始溃烂，疼也一波一波地连绵不已。腿部已有了溃烂的洞。城里配来的药已没有多大效果，那牛粪烟火也毫无作用了。一片很大的阴影掠向月儿心头。

猛子妈又找来了偏方，叫她坐在烧酒里。那烧酒，在伤处才沾一点，就能牵出一大片疼。疼沿着神经荡向全身，但月儿仍是咬了牙，坐在烧酒脸盆里。不一会儿，她就疼出一身汗水，但她一边咬牙，一边念叨："淹死你！醉死你！"她仿佛看到那病魔在酒水里呼爹叫娘，便很是快意。

但在酒里坐浴的效果还不如牛粪熏，虽忍了大疼，可那伤口并不愈合。多浓的酒精，能杀了的，只是外部的病毒，更多的病毒，早进入血液了。月儿也知道这些。

这回，爹也着急了，凑了好些钱，把月儿送往兰州医院。除了月儿过敏的那些特效药外，大瓶小瓶的药不停地输，但却不再有一点儿起色。月儿清晰地看到，死神在偷窥她，时不时鬼鬼地笑。

自那个“死”字罩了心后，眼里的天地便灰蒙蒙了。一切色彩都没了，只有裹尸布一样的惨白。以前，总觉“死”是个遥远的字眼，而且总和别人连在一起。现在，它突兀地逼近了自己，露出了獠牙。月儿有种手足无措的慌乱，好长时间里，脑中一片空白，啥都没有，只有那种灰灰的空白。那空白，把她和这个世界割裂开来，眼前的一切，都遥远到心外了。跟自己邻近的，只有无助，只有恓惶，只有那种灰灰的无着无落。老觉是个梦，那身上的痛感虽一晕晕荡，但梦的感觉却很浓。要真是梦多好。她想。这一想，却又从梦感里挣出了。“死”字带来的疼痛就会利利地扎伤自己。

真要死吗？她老这样问自己。觉得自己还没咋活呢。真没活出个眉眼，猛一想，活过的岁月只是几个瞬间。此外，一片模糊。生命的经历，跟那迷茫于风沙中的小道一样，模糊得若有若无。那几个瞬间，倒很清晰：上学时跟同学的打闹，花儿赛场上的情景，和猛子的拥吻……就这不多的几个。莫非，这便是生命的价值？二十多年的人生经历，莫非也是个巨大的虚无？

月儿开始想猛子常说的那些玄而又玄的问题了。以前，猛子一说，她就嫌它败兴。现在，那问题逼近了她，不由她不正视，比如，她想死后咋样？这身子没了后，那个叫月儿的哪儿去了？等等。她是找不到答案的。后来她问猛子，猛子却极力避免谈那个“死”字。月儿知道，他怕她难受，好在这些问题只是浮光掠影似的一闪，一种悲哀绝望的感觉就淹没了它们。

感激病魔。它们的肆虐范围，仅仅限在了衣服能遮盖的地方，脸上倒不曾受到伤害。镜子里的那张脸，仍称得上美。这既让她欣慰，又叫她伤感：这么漂亮的脸，也终究会没了。

她多想活呀，细想来，她活了没几天。小时候，懵懂无知；再大些，就叫学校作业占据了身心。真正为自己活的，也就十八岁以后的这几年。除去睡眠，除去为生计奔波的日子，除去一些不值得想的场景，剩下的，没多少时间了。真正觉得有价值的，也就是跟猛子相处的这些日子，可同时，那病魔却如影随形着。真没活好。要是这样死了，跟没活有啥两样？

她常常泪流满面。

有时，她会后悔自己没早些追猛子，才从中学毕业的那几年，她还有个干净身子，那时，若是使劲儿追，猛子或许早成她的了。两人早一点相爱，拥吻，甚至做爱——一想这个词，她的心一紧——那该是多好的人生享受。若真是那样，她也许……不是也许，是肯定……不会得这病。那些不堪回首的日子里，她与其说是被人骗了，不如说是自己的空虚所致。那时，生活里虽有盼头，但很遥远，遥远得像浮游在梦中的肥皂泡。失望多次后，心就空空落落，老想宣泄，老有种想堕落的冲动。那时，即使那人不勾引她，她还会遇到别人的勾引。空虚的她，是抵御不了勾引的……但若是猛子早一些进入她的生活，一切会是另一个样子。每每念及，她就懊悔万分，虽明知道迟来的懊悔于事无补，但懊悔本身也是享受。懊悔时，心中就没了“死”的位置。那情绪，把一切都挤了出去，疼呀，绝望呀，都叫啸卷的懊悔挤没了。

有时，她也怨爹，要是爹不开卡厅，要是爹不叫她到那样一个所在，就不会有今天的结果。但爹并没叫她去卖身。真没有。他只是叫她去收钱结账。当然，她后来的变化，是因为卡厅里的淫荡空气醃软了心中的防线。爹定然有责任，但月儿很快就原谅了爹。和北京人亲密的日子里，爹老向她发火，并一次次地警告，但鬼迷心窍了，没治。有了至今仍响在心头的那些警告，她不能再怨爹。

那么，只能怨命了？小时候，她算过几次命，都是好命，都贵到能当皇娘娘了。也正是这几次算命，使她幼小的心灵里产生了许多幻想。她一直期盼着生活中出现王子——这也是她没全力追猛子的原因之一。她走出家门，找呀找呀，没找到她想找的人，却找了一身杨梅大疮。她不明白，为什么那么好的命——有好几个半仙都异口同声呢——却落得今天的结果？是她自己污染了好命？还是一种强大的外力干预了命运？她不知道，也没人能告诉她。

每次谈到“命”，猛子总会说心决定命，心善则命吉，心恶则命凶，他还举了好多例子，粗看似乎有道理。但一和自己对照，那理论就不堪一击了。她自认自己善到了极致，她从没想过要害别人——当然也没有像猛子向往的那样要利益众生——但恶是丝毫不曾有的，可为啥命竟是如此之凶？月儿想，定然有一些不相干的东西干预了自己的命。细追究，却没个清晰思路。

但想活下去的念头却很清晰。它很强烈，如啸卷的巨浪一样汹涌，尤其在想到猛子的时候。因猛子忙着译那怪模怪样的西夏书，馆里不给他请假，他不能到兰州来陪月儿。才过了几天，月儿就觉得很难再熬下去。开头，想活的欲望很强烈，渐渐地，相思探出了头，并占据了上风。相思最强烈的时候，她甚至有种冲动：拔了手背上的针头，跳上西行的汽车，到凉州去，拥了猛子，疯狂地咬他的衣服——她不敢再亲他的嘴了，因为兰州的医生告诉她，口水也会传染的。她已给他打了电话，叫他输几天青霉素——或者，执手相看泪眼；或者，哪怕远远地看一眼他的背影，也比待在这尸布般惨白的病房里好上百倍。有时候，那啸卷的相思往往会压了对死神的恐惧。能抓住猛子的手，凝望他善良的眸子，哪怕即刻堕入地狱，她也愿意。于是，她想说服爹，早一些出院吧。

钱大把大把地花出，药大瓶大瓶地输入，不过敏的那些抗生素已降不住疯狂的病毒了，更糟糕的是，她的肝肾心脏都出了问题。大夫偷偷将这讯息告诉了爹，爹于是偷偷抹泪。月儿嗅出了异味。腿上已有了几个黑黑的洞，发出一种刺鼻的怪味。死神老从里面探出脑袋，朝月儿做鬼脸。月儿感到死神像个鸡婆，裹个围巾，露出了尖尖的喙。那洞，就是那尖喙啄的。恍惚里，月儿定定地望它。她虽想尽量清醒些，但那恍惚越来越频繁，时间也越来越长。月儿明白，死神的网已蒙向自己，她就像那入网的兔鹰一样，虽也扇动翅膀，但逃出的希望却渺茫到了极点。

她已经看到了那个向她逼近的大口。这个在童话电影里常见的镜头老在她眼前出现。幻觉中她总是在逃，但那羸弱的腿，却咋也挣不出那黑夜一样漫来的阴影。常入梦，梦境和幻觉一样，总是她在逃，后面逼来一个茫无边际的巨大怪物，阴影水一样流淌过来，咬住她的影子，将她一点点扯入大口。她就叫：“猛子，救救我！”仿佛神奇的咒语一样，一叫猛子的名字，她就会从那种无助的状态中惊醒。醉人的相思就会趁隙袭来，裹挟了她。

她数着日子在熬。她总能听到缓慢的秒表声。那吧嗒吧嗒的声响总在心上割，很钝的感觉。那疼痛，使时光显得很漫长，仿佛没有光亮的黑夜，看不到一点儿希望。在家乡的时候，她还能走上那条等待的小路，望路的尽头出现的黑点。不管那黑点是不是猛子，但她至少有个盼头。现在，除了疼痛，除了死神的阴影，除了爹愁苦的脸，她看不到一点叫她心头亮活的东西。

她明明知道，她快要死了。

怪的是，她反倒迟钝了对死的恐惧。她相信死后还有灵魂。她只怕死后的孤单。有时，她甚至自私地想叫猛子跟她一块儿死。能和自己的爱人一块儿死，是多么幸福的事呀。疼痛稍加平息的时候，她就会沿着那思路一直想下去。她很愿意从婚前开始联想，最美的镜头是她和猛子的相拥、接吻、做爱，而后两人并排躺在一张洁白的大床上，都染了病，但他们一点儿也不沮丧，而是更加热烈地闹——最多的场面当然是性爱——一天，他们死了，一齐死了，死的形式是从两具仍然美丽的尸体上飘出了更美的影子，蝴蝶一样翩翩起舞。他们会游遍世界上最美的地方，那儿有花，有草，有清凌凌的水，此外，她实在想不出还能有哪种美法，好多想去的美地方，她没来得及去看看。……有时，她真的很懊悔当初没和猛子做爱，但这懊悔，仅仅是掠影似的一闪，因为疼痛很快就会提醒她想法的荒唐——她可实在不忍心叫猛子也忍受她这样的痛苦。

除了怕死后的灵魂孤独，她最怕的，就是猛子可能会和别人结婚。这是比死亡更糟糕的事，一想在另一场婚礼里，主角不是自己，而是另一个女子，她就觉得自己喘不过气来。只有在这时，对死的惧怕才会再一次袭来。死最大的可怕是把猛子从她怀中抢了去，送到另一个女人怀中。而她的灵魂只会无助地哭泣。她甚至想象得出自己影子般的灵魂哭泣的模样。她就像没娘的孩子一样，蜷缩在洞房的炕角里，眼睁睁望着那两个冤家销魂地闹。这是她最不愿看到的场面。那场面却黏了来，硬在她脑中晃。她便觉一只大手扼住了自己的喉咙，勒得她喘不过气来。也倒好，身体的疼痛倒因之淡了。我可不想死呀。她呻吟道。

这想象的未来的场景使她对猛子产生了怨恨，明知道这怨恨蛮不讲理，她还是说服不了自己。她甚至找了几条理由，来证明她恨得有理。明知道猛子没陪她来兰州是西夏文书的事脱不开身，但她偏要说他在躲避她，想要抛弃她。为了证明自己的论点，她还找了许多证据。村里有不少这样的证据，女人尸骨未寒，男人就有了新欢，以此来证明她死后，猛子肯定是个薄情郎。这一来，她万念俱灰，觉得心中的那个靠山倒了。一切都显出虚假来，啥都没有了意义。爱情，会随着她肉体的消失而消失，学的那些花儿亦然，还有金钱，房子，父母，兄弟，自己的青春、美丽等等，都没有了意义。她发现，生活中的一切是个巨大的骗局。降临的死亡，立马就使它们露出了原形。

假的。都是假的。她呻吟道。

一滴泪珠，滑出眼眶。她哽咽一声。见爹凑上前来问询，她扭过头去。她啥都不想说，谁都不想见。心被一种灰灰的感觉笼罩了。她想，啥都原形毕露了。

8

月儿出院了，因为药物已不起作用，反倒弄坏了肝肾，引起了肝肾并发症。才短短二十多天，就花光了婆家和娘家筹的一万多块钱。结局是明摆的，再住，也是白花钱。爹还想回去借钱，月儿却说："出吧，我一天也不想待了。死，也叫我过一天舒心日子。"

回到家，村里人都来看望。她在小路上的等待感动了许多人，村里已听不到骂声了，好些人还洒了同情的泪呢。谁都知道，月儿是个好姑娘，自小就好，长的好，心也好，虽得了脏病，但除了死人和佛陀，谁不犯错呢？于是，都可怜这花儿一样的女子。猛子妈更急，到处打听土方子，一有所得，便兴冲冲送来。

月儿终于能见到猛子了。无论她勾勒出多少理由恨猛子，猛子一来，她的心仍狂跳不止。听说他已打了几天青霉素，幸好，他不过敏。月儿放心了，这样，以前他们接吻时可能传染的病毒就害不了他了。她很想拥紧了他，像以前那样接吻。她很喜欢跟猛子在口内交搏的感觉，舌头成了交尾的蛇。那感觉，有太强的诱惑，但月儿知道自己的口水也有毒，他们只能执手凝视，有时泪眼相对，有时笑脸相向。这也好，比起兰州病床上的孤寂，这已到天堂了。

见到猛子，月儿活的欲望强烈地膨胀，大逾天地。猛子去上班的时候，月儿就成了那些土方的试验场，除了大把大把地吞那些肯定损伤肝肾的药片外，牛粪火已烤坏了她的许多处肉皮。她每天有好多个小时在酒中坐浴，几处地方泡烂了。此外，她还拖着瘦弱的身子，到野外采集据说能解毒的野草，在溪水里随便一淘，就大把大把生吞。但无论怎样痛苦，月儿给村里人的感觉还是一个美丽的女子。每次出门前，她都要着意打扮。为防那些伤处外露，她不穿短裤短衫。她忍着疲惫和疼痛画了淡妆，用淡淡的胭脂盖去了脸上的萎黄，润唇膏更是带在身上，一到无人处，她就掏出小镜子检查，发现问题，及时补救。她展露给世人的，始终是自己当时最美的状态，所以，除了父母，谁也不知道她的病究竟到了何种程度。

她想，谁叫我是猛子女人呢。这是她打扮的理由之一。

她每天试验着猛子爹妈找来的新的土方，除了一种，她没有试，就是煮癞蛤蟆吃。据婆婆说，这是神方。今生里，她最怵那种身上长满瘤状物的东西。她逮了几只，但癞蛤蟆死命地叫。这一叫，提醒了她：它也是个生命。她想，它也许会有老婆孩子，我吃了它，它的家人也会痛苦的，何苦为了自己的命，去伤害人家的命呢。她于是将它们放回涝池中，一只蛤蟆回过了头，轻轻地叫了一声，仿佛说谢谢。月儿顿时泪流满面。她觉得那生灵能懂她的心。她永远忘不了它那充满同情的眼睛。

连最迟钝的人，也觉出了月儿的求生欲望，望着她孤单的背影，好多人会流泪。

有时，她也会走入金刚亥母洞，向金刚亥母，向护法神阿甲，向所有她能想到的神灵祈祷，希望他们能降伏病魔，延长自己的生命。哪怕一年，能叫她真正地做一回猛子的妻子，她甚至愿意为此付出上刀山或跳油锅的代价。可是，祈祷归祈祷，病魔的势头却越加凶猛，溃烂处上移得很厉害，再蔓延，衣衫就遮不住了。

身旁没外人时，她和猛子常常抱头痛哭。虽也曾在兰州怨恨过他，但那怨恨是更深的爱。随着生命越来越进入倒计时，两人的爱恋越加升温。猛子将所有回家的时间都用来陪月儿。但更多的时候，他们只是握住对方的手，默默相对。因为结局已定，啥安慰话都透出了虚假。

一个黄昏里，日头爷孤悬在沙山上，不红，不亮，懒洋洋地惨白。月儿想去沙漠，猛子就用摩托捎了她，走过那条村里人打沙米的小道，走进沙漠。摩托车低速的突突声很是单调和无奈，仿佛苍老的叹息。月儿背个黄包，并了腿，坐在摩托上——因为疼痛，她已经不能像以前那样骑了。她认真地施了淡妆，脸上敷了粉，戴了洁白的手套，一脸很圣洁的光。路并不远，但猛子有意在村里绕了一圈。一种很浓的悲哀罩了他，浓浓的悲伤腌透了心。

在漠风的轻拂下，他支好摩托，和月儿走向沙丘。这年月，人跟人生疏了，大漠却日渐亲近了村子。许多地不见了。因为牛路坡那儿淘金扎木笼，好些梭梭柴棵叫人砍了。沙丘光秃出一种心酸。猛子明白，这沙丘，也像月儿那病一样，一天天舔向好的肌肤。照这阵势，要不了多久，整个村子也会给舔个精光的。

赶跑了窥视的沙老鼠，猛子坐在沙坡上，月儿斜倚了他。日头爷暖洋洋地照晒着身子，给人以活的感觉。隐隐地，从牛路坡那儿传来城市才有的喧嚣。那声响，跟沙漠一样，也一天天舔向村子了。但猛子知道，那牛路坡，终究也会叫那搅天的黄沙填了，或叫无常吞了，或在若干年后宇宙命尽的时刻，变成一抹消散的烟雾。

一切都幻觉般的轻盈和虚朦，无一丝实质的觉受。但此刻的相拥却很实在，暖暖的太阳里，拥了温柔的月儿，躺在沙坡上，享受活的滋味。这活的滋味很缥渺，才觉着，已泄洪似远去了。猛子能感受到那种远去，那觉受瞬息万变，却又恍然在永恒里。也许，此刻的相聚，会以某种方式定格下来的。他想，那就定格在心中吧。

两人很少说话。也明知，话是无用的，正如思考是无用的。那就只享受那份相聚吧。别去向往未来，未来很缥渺，向往本身就是对现实的伤害；别去追忆过去，过去了不可得，追忆同样在伤害现实。那就相拥吧，静默着跟对方交流，静默着诉说心灵的秘密。都知道，在喧嚣渐渐逼来的时刻，能静默就是最大的享受了。也许要不了多久，这世界就喧嚣成一锅沸水了。那时的世上，就不会再有“静默”一词。

别想那病，明知那病毒仍在吞噬肌体，还是别想它。想透彻些，谁也不健康。从生下的那刻起，死神就一口口吞噬着生命，其残酷程度，一点也不比梅毒弱，只是人们不觉得罢了。正是在那种无知无觉中，婴儿成了少年，中年成了老年，一步步挪向坟墓了。别去管它，啥都别想，只在这难得的静默里，享受这份活着的感觉。

坦了心，放了眼，望那大荒。那沙浪，一波一波，荡向未知。不知它来自何处？不知它终于何时？它的怀中，定然有过许多生灵，他们定然也跟自己一样，有过病痛，有过焦渴，有过期盼，但终于烟一样消散了。那大荒，并无些许痕迹。多年之后，这儿仍会有千万个人，去做那逝者做过的事：经受痛苦，历练灵魂，向往未来。可他们是否知道曾活过个叫猛子和月儿的人？莫非，自己刻骨铭心的存在，也不过是小小的虚无？

猛子搂搂月儿，那质感柔软而实在。耳旁有她轻盈的气息，还有健康的心跳。那心脏，似乎并不知梅毒已侵向自己，跳得自信而坦然；还有那少女独有的弹性温柔，虽是分明地感觉到了，却总也打不破他那浓浓的虚幻感。他是分明地感受了那无常。那泄洪般飞逝的幻相，总在心头晃。好多剧疼因之虚幻了。他虽然明明觉出月儿的痛苦，但他也明明知道，这痛苦，很快就会消失。那速度，可能比肉体的忽生忽灭还要快上百倍。

猛子觉得自己有些对不住月儿。他想，自己应该跟月儿一样痛苦，一样的痛不欲生，可没办法。虽也时时有痛苦生起，但只消片刻，虚幻就会消解了它。他唯一能做的，就是全心全意地待她。

月儿眯了眼，望着那起伏的沙岭。白惨惨的日光从她身后洒来，给她脸上的汗毛涂了层虚朦的晕纹。月儿缓缓转过来，望着猛子，轻声问：“我美吗？”猛子紧紧地握握她的手，啥都没说。

月儿惨然一笑。她取下黄包，掏出一盒檀香，燃了，插在沙上，拉猛子跪了。猛子以为她又会向神灵祷告，却听得月儿说：“答应我。下辈子，跟我做夫妻。”

一股潮热涌上眼眶，他机械地说：“下辈子，跟你做夫妻。”

“不是一辈子，是三辈子。”

“三辈子。”

“不。是永远。”

“永远。”

月儿爱怜地望着他，轻轻拢拢他的头发，理理他的衣领，拂去他肩上的几粒沙，捧了他的脸，定定地望着他，缓缓地说：“记住你今天的许诺。”说完，她望着那被沙丘咬缺的落日，一脸红晕。

9

月儿走了。谁也不知道月儿会在那天走。谁也想不到月儿会以那种方式走。

溃烂已开始向她的颈部蔓延。她知道，再不走，美丽的月儿就没了。她早已偷偷地从猛子的摩托里倒下了两瓶汽油，装入黄包。她将一封信和自己绣的鞋垫放入妈的被窝。那是给猛子的。信封里除了信，还有猛子妈才送来的三千块钱，她用不上了，信里她很感激婆婆，说那些土方最大的用处，是她有了另一个妈。

她仍然仔细地画了淡妆，选了一套最亮丽的衣服，戴了耳坠、项链，走向牛路坡的照相馆，照了几张照片，叫摄影师交给猛子。摄影师后来说，那是他照过的最美的相，希望能挂在橱窗里，猛子拒绝了。

月儿沿着猛子那天捎她来的线路，一路品味着。恍惚里，她觉得自己是那个传说中拣生前脚印的幽灵。她咀嚼着几天前的情景，时不时露出甜晕的笑。村里人都远远地望她。谁也没有打搅她。她能感受到人们目光中的那份关爱，心中的温水一晕晕荡。

她走出村子，走向沙漠。

出家门前，她已将自己用过的东西烧了。她知道那上面沾了魔鬼的唾沫。自打确诊是那种病后，她一直这样做。妈去牛路坡了，给白狗的沙娃们做饭，没人打搅她。她做得很仔细。

沙浪一如既往地跌荡而去，荡向未知。月儿明白，她的灵魂定然也如此。不知道她离开了这病入膏肓的身子后，又将飘向哪里？那是她不能自主的。她唯一能自主的，就是在这人世上留下她最后的美丽。明知道生命已无可挽回，那就留住美丽吧。所有美丽最好的定格，是死亡。

别说病入膏肓，就是真有希望，但要她付出美丽的代价，她也会拒绝苟活。在医院里，她见过三期梅毒病人的照片。从那时起，她就种下了今日走的种子。

她的心中，没有啥比美丽重要，尤其是留在爱人心中的美丽。那就走吧，走向那个黄天黄地的所在，叫美丽定格成永恒。

只是心中的不甘心仍在咬她。这辈子，没活出个好样子。不甘心，真不甘心，但还有来世，她会在凄风愁雨的另一个空间，等那个冤家。这就好。多远的希望也是希望。这辈子，不提它了。多不甘心，也不提它了。

漠风轻柔地舔着她。这是她走向永恒时唯一亲近过她的东西，不，还有那回忆。但此刻的回忆像调皮的猴子，总不愿在一处久待。也随它吧，回忆是不能定格的。能定格的，只有死亡。

前面就是那天发愿的地方，风沙已抚光了所有的痕迹，但那种温馨仍在。风还在呢哝着那天的承诺。那是巨大幸福的由来。她会在这儿静静地等那个下一世的到来。猛子，你可别赖账呀。

月儿笑笑。虽到正午，但因有云，沙洼里并不热。沙粒温乎乎的，坐下，像偎在那冤家怀里。她取出小镜，最后打量了一番自己，看不出病魔舔过的痕迹。她吐吐舌头。

取出那瓶子。那里面，盛着“猛子”车中的油。她想，就当你来送我吧，成不？她很想最后想想猛子，可猛子却溜得不知去向了。这几天，老这样。没办法，到下辈子，再跟你算账。

她拔开瓶塞，一股汽油味扑鼻而来。她皱皱眉头。她不喜欢这味儿。她想，她该弄瓶酒精来的，可这油，是“猛子”的。这一想，那味儿就能忍受了。

忽觉得自己还是应该做些啥的，想呀想，终于想出应该唱一曲“花儿”。以前，她一直给别人唱，还没给自己唱过一曲呢。她想，人的一生里，总该为自己唱一曲的。于是，她抿抿嘴唇，轻声唱了——

雷响三声地动弹，
太岁爷爷们不安。
宁叫玉皇的江山乱，
不叫咱俩的路断……

——发表于《上海文学》2005年第9期

——节选自长篇小说《白虎关》

深夜的蚕豆声

1

才出老山，一阵沧桑就扑向何羽儿。沧桑的模样很像炒面，叫风一吹，模糊就扑面而来了。

她发现，老山外变了好多。山洼里到处是白骨，直里横里地狰狞着。一群狼正在啃那带血肉的骨头。见了她来，也不逃跑，都朝她龇牙。何羽儿取出绳镖，那是两丈长的尼龙绳子，上拴一个两斤重的镖头。这是她从村里人惯用的打狗棒演变而来的，专门对付狼的。狼是山神爷的狗，怕绳子，一见她手中的那盘绳，狼们就心虚地笑了。

何羽儿还感觉到一种味道，那就是妈常说的“冷灰死灶”。也就是，触目所见，都没了活力，没了人气，一切都死气沉沉着。连日头爷也泛出一种惨白的颜色，没了红，没了亮，没了那种雄突突的味道，只是勉强地虚应故事而已。

粗算来，她进山，也没多少日子，想来却有些年成了。洞中方七日，世上已千年。

出了老山，尚有很长一段路程，才能到金刚家。但见沿途村庄，荒无人烟，随处可见被狗狼撕扯得一塌糊涂的尸体。臭味啸卷，阴风森森，山间飘满了冤魂野鬼，他们发出巫婆招魂般的嚎哭，天地间充满了他们叫饿的声音。何羽儿随缘持咒，进行超度，但冤魂多执著于荒山间暴露的尸骨。天雨虽宽，不润无根之草。何羽儿虽牛，难度无缘之人。她想，成哩，你们想当守尸鬼，随你们吧。

偶见一人，正在榆树上剥那细皮。此树主干，早叫剥得白骨般干净了，只有枝上尚有些细皮。那人便举个盘儿小心地刮。他面如菜色，形似饿鬼，一动三晃，怕也挨不过多久了。何羽儿割块狼肉，递了过去。那人见肉，眼放光明，一把攫过，牙已咬上了。他脑袋胡乱晃着，像扯咬牛筋的野狗。

何羽儿问："咋成这样了？"

连问几声，那人不理，只顾撕扯。等好歹咽了几口，他才答道："死了，死了，快死光了。"何羽儿问："金刚家咋样了？""不知道。都说金刚家好，可只有进去的，没有出来的。有人说，那些进去的，都叫他们煮吃了。"何羽儿懒得再问，只说，你胡说啥？金刚家又不是吃人生番。

何羽儿长长地叹口气。她明白，沿途这么惨，金刚家也好不到哪儿。

晌午时分，她终于看到了金刚家的山口，见民兵们正打一人。那人嚎哭道，我出去逃个活命，还不成吗？民兵嚷道，别去了，我们死也死一起吧。他们扯了那人进村。

何羽儿拐入旁道，上了照壁山，见村里也冷灰死灶着。山洼里多尸骨，臭气熏天。阴洼里有好些蠕动的黑点，撒麻籽儿一样多，也不知是狼还是野狗。

看看无村里人，她沿了山脊，接近了村里。舅舅家在一座大山脚下。舅舅长个斗鸡眼，有时，吃不饱的时候，就也会来何羽儿家。舅舅爱吃醋卤拌山药面，妈用水把面激凉，浇上醋卤，舅舅就接了，吃出满屋的轰隆来。但他端起碗来吃肉，放下筷子骂娘，老在村里人前骂妈，说她丢了他家的脸。妈却老挂牵舅舅。毕竟，这是她唯一的娘家人了，打折骨头连着筋呢。何羽儿一骂舅舅，妈就说，舅舅是骨头主儿，没有舅舅，哪有你？好在舅舅待何羽儿好，问他要星星，他也会生法子摘的。

臭气越来越浓，那真是恶臭。何羽儿闭了气走。她想起了村里人的许多不是。她懒得跟他们打交道，甚至也懒得想起。久爷爷老说她菩提心不够，叫她多发菩提心。在每日的观修里，她虽然老为众生父母消业祈福，但她的众生里，似乎并无村里人。一想起那些曾叫妈受过苦的人，心中就会腾起一股嗔意。久爷爷说，你最该杀的，是嗔心。记住，火烧功德林呢。

舅舅家的庄门紧闭着，何羽儿不用敲，只一错，就错开了挂着的锁扣。三转儿正躺在院里晒日头，一见何羽儿，三转儿露出一丝笑。他的五脏六腑已没了支撑，都堆到下腹里去了。但三转儿的笑还是很灿烂。他欢欢地叫，妈，姐来了。好一会儿，见舅母出了门。舅母脸肿着，眼睛成缝儿了。她只是礼节性地嗯一声，让何羽儿进了屋。屋里有一层灰，想来好多天没擦了。舅舅在炕上躺着，见何羽儿进来，他挣扎着起了身。他啥也没问，但何羽儿觉得他说了好些话。她想，自己上回惹了祸，也许连累了舅舅。舅舅虽然识几个字，但因为穷，加上舅母又风流，村里没人看得起舅舅。据说舅母的裤带可以向村里任何男人解。闲时，男人们就在南墙湾里探讨在舅母身上的感受。又据说，舅母老打舅舅，每次，她都将瘦小的舅舅摁在地上，压上自己碾盘一样的屁股，直压得舅舅嗷嗷大哭。但舅母也有舅母的好，舅母干活猛，每到秋收时，队长就指着成熟的麦地说，割一亩，给三个工。也就是说，割上一亩地，能挣三天的工分，舅母就能从半后晌一直割到次日上午。她一昼夜能割一亩五分地，就是说她一天能挣四天半的工分。舅母是村里挣工分最多的人。因为她的能干，每到秋上结算时，舅舅才能分到勉强能维持多半年的口粮。

舅舅爬起身，他啥也没问。何羽儿掏出狼肉，三个娃儿扑了过来。舅母抡起巴掌，只几下，就扇倒娃儿。娃儿们直了声嚎，他们的嚎像在呵气，没有声音。何羽儿想，真饿坏他们了。她取过切刀，切了几块狼肉，分给他们。三转儿接过自家的那块，一口吞了，又一把抢过哥的那块，风一样出去了。老二大哭，何羽儿又给他切了一块。

瞧，丢人显眼的。舅母叹道。

何羽儿没说啥。她不喜欢舅母。舅母的脸浮肿很厉害，因为她老趁舅舅外出时往家中引贼汉子，何羽儿最恶心她。某次过年，妈叫她去看舅舅，一进门，见炕上偎着几个男人，舅母跟他们打闹着，没理睬何羽儿。自那后，何羽儿很少进舅舅家门。

何羽儿问舅舅，村里咋死了这么多人？库房里不是有粮吗？

那是战备粮。舅舅说。派民兵看着呢。村里差不多的人家都死了人，全家死了的也有好几户，再这样，全村都没救了。舅母说，要死，都死光才好。她的眼里射出仇恨的光，何羽儿打个冷战。怪怪地，她觉得舅母变了。以前舅母虽然很浪脏，身上却无这种阴冷味。她想，仇恨会叫人变恶的。

何羽儿给舅舅喂块狼肉，舅舅咕嚅着嘴。他的眼窝深枯枯的，眼珠儿瓷了似的。咕嚅了好一阵嘴，舅舅说，没救了。这日子，熬不到冬天了。

何羽儿说，麦子虽没成熟，也有些面仁了，偷些来，吃呀。舅母一听，慌慌地四下里望，说，你快别胡说，你不知道，谁偷青，打死白打死。山洼里的那些尸体，有些是饿死的，有些是叫打死的。

舅舅说，丫头，你弄些水，把这肉多煮煮，我咋嚼不动？何羽儿应一声，她到外面弄些麦草，一揭锅盖，却发现锅里已长了绿毛。那股熟悉的恶臭扑了来。一扭头，舅母正阴阴地望她。她忙捞过锅铲，铲了那些绿毛，才发现那发出恶臭的，是几块肉，就奇怪，他们哪来的肉？听得舅舅解释道，是和尚送来的羊肉。何羽儿忍了恶心，将那臭到极点的黏物铲入一个破脸盆。一根手指却突地跳入眼中，那指甲亮亮的，正朝她笑呢。

舅母讪讪地笑道，得生个法儿活呀。

何羽儿忍住恶心，洗了锅，添些水，煮了狼肉。她老觉得舅母的眼睛在她身上扫，她不敢回头。因为那神气，很像饿死鬼望蒸馍。她觉得很腻歪，入了几把火。她走出院门。三个娃儿正远远地望锅呢。她想，娃儿毕竟是娃儿，等肚里有些食，就欢势了。忽然，却见三转儿偷眼望她，那神色，竟也和舅母一样。她不由一噤。

烟洞里的烟直直地升上了天空，升到高处，又散落下来。院里朦胧了好多。她觉得烟也有了同谋的味道，它们诡秘地向何羽儿漫来。梦幻感更浓了。

何羽儿又抱捆麦草，进了屋。舅舅问，她好吗？舅舅总用“她”代替“姐”。何羽儿嗯一声。入了几把火，锅里蒸汽四溢了。火光从灶火里溢了出来。一见那火光，何羽儿有些好笑自己了。她想她真是神经过敏。果然，这样一想，就发现舅母的眼里只有感激，但舅母啥也没说。舅母是个要强的女人，她定然不想让何羽儿看到家的窘样。何羽儿很想说，这年成，都这样。但她知道，一说，舅母会难受的。她想，还是啥都别说的好。

煮了一阵，何羽儿用筷子戳戳狼肉，软和多了。她捞出一块，撕成长长的丝儿，浇了热汤，问盐在哪儿，舅母说，不尝咸味半年多了。何羽儿端过碗，给舅舅喂。舅舅先喝了几口汤。这时，何羽儿忽然可怜舅舅了，因为她从舅舅脸上发现了母亲的影子。她心里腾起一股暖暖的东西。她夹起狼肉喂给舅舅。听得耳旁轰隆着，原来是舅母正举了勺子喝汤。娃儿们扑了来，舅母一推，娃儿们便跌到门外了。却没人哭，都爬起来望爹妈的嘴。何羽儿鼻子一酸。

吃了半碗，何羽儿说行了，别胀坏。她端过碗，朝娃儿们喊一声，他们便欢欢地扑了来。何羽儿一人一口地喂。她想，应该多带些狼肉的。

舅母说：丫头，别走了。黑里，我给你说些事。

何羽儿望望铺着一层灰土的炕，皱皱眉头。她说不了，妈会急的。其实来时妈说过，要是迟了，叫她明天回，千万别走夜路。何羽儿也不想走夜路。一想沿途的那些尸体，她就头皮发麻，但她也怕舅舅家的炕。

舅舅说，住下吧。夜里我给你讲你妈的事。说不定啥时候，我就到另一世了。

何羽儿想，也好，就囫囵身子滚一夜吧。

2

白孤孤的月光从蒙了塑料纸的窗户里透进来，照着炕沿上的一溜人头。

舅母带了三转儿住里屋。里屋的炕上铺着麦草，舅母跟三转儿就在麦草里滚着。何羽儿很有些过意不去。

舅舅的声音空空洞洞的，像在说梦话。舅舅讲着妈妈的故事。有些，何羽儿听过。比如，妈是叫红军反了裹了去的。妈说死了好多人，人头跟滩上的乱石头一样滚着。妈说，马家骑兵爱砍人脑壳，他们吆了马，吼叫着而来，妈梦魇一样跑呀跑呀，身后密雨般的蹄声也梦魇一样裹了来。一个个人头飞了，它们边发出惊恐的叫，边在空中打着旋儿。它们大张着口，很想咬拿刀的人，但最后只咬了一嘴的沙石。后来，它们被吊在马屁股上，成了马家军功劳簿上的一个道儿。

舅舅说，你妈跑呀跑呀，跑不脱那梦魇。刀子们呼啸着。后来，妈身边的男人们的脑袋都飞了，女人们被赶到一处大院里。那狞笑的男人中，就有你妈后来的丈夫。当时，他是骑兵营长。几年后，他成了骑兵团长。他带了自己的那团人马，和当着军医的妈，一起去砍日本鬼子的脑壳。他们砍了好些东洋人的脑壳，自家人的脑壳也叫东洋人砍着。

后来呢？舅舅叹息道。妈当了俘虏。

妈没说过她后来的故事。

村里人都知道她后来的故事，可何羽儿不知道。

何羽儿知道，妈不想揭那伤口。

舅舅说，不说了。屋里就寂了。

白孤孤的月光照进屋里，照着炕沿上的一溜脑袋。

何羽儿像在做梦。

3

里屋里响着吃蚕豆的声音，在夜空里很瘆人。何羽儿没有睡意。舅舅空空洞洞的话还在心头响。月光照着舅舅的脸，舅舅在拌着嘴。他在吃着月光。月光的味道定然很美，舅舅一脸幸福。只是那拌嘴声很响，有种怪怪的味道。娃儿们都睡了，但何羽儿却觉得他们都眯缝着眼望她。远处传来狼和野狗咬战的声音，闹嚷嚷的，也很响。

舅母仍吃着蚕豆，嘎嘣嘎嘣的。真不知她从哪儿弄来的蚕豆？好久没吃蚕豆了。记得，前些年，她领了琼，老是去偷队里的蚕豆种子。他们会弄堆麦草，找个铁丝，穿了蚕豆。那些蚕豆在地里睡了多时，已跟软馍一样了，铁丝从这头一捅，就会从另一头钻出来。他们就举了那蚕豆串，放火上烤。烤一阵，那股香味就进了脑子。琼的口水也就出来了。何羽儿就一粒一粒地分，你一粒，我一粒。要是最后剩下一粒，她就一口咬成两半，琼一半，她一半。只有在队里分红之后，她才能吃到炒得干干的蚕豆。记得那味道很香。一听舅母吃蚕豆，何羽儿的口水就下来了。

她想，舅母真贪心，只顾自己吃，连舅舅也不管了。

忽听得舅母叫了一声，何羽儿——，何羽儿——。何羽儿想，要是舅母知道她在偷听，会难堪的，就没有应声。

窸窣声从里屋响起了。踢踏声出了里屋。何羽儿很好奇，就眯缝了眼。月光下望去，舅母正往嘴里放的，竟是个手指样的东西。何羽儿心一紧。舅母慢慢飘向娃儿们，她张了口，往娃儿们脸上呵气。她长长地吸了气，慢慢地呵出。何羽儿知道她在给娃儿们喷精气。有时，村里娃儿病得很重吃不下饭时，当娘的就会在娃儿熟睡时，给娃儿一口口喷气，就能将妈的精气传给娃儿。有时，人们困到沙漠里时，两人也这样口对口呼吸，你呼我吸，就能活很长的时间。何羽儿想，舅母也是个有情有意的人呢。

舅母喷了一阵气，又进了里屋，很快又出了里屋。月光照着她的脸，白白的有种阴气。何羽儿见舅母脸上的肿消了，显得很受看。她想，怪不得村里男人爱黏她，她也是美人哩。却见舅母阴阴地望她，何羽儿吃了一惊，这才发现舅母手里提着一个姜锤石头。那尖尖的石头发出蓝幽幽的光，仿佛一团燃烧的鬼火。何羽儿见过鬼火，蓝幽幽的，一丝一丝舔着天空，那模样，跟风中飞舞的驼毛相若。舅母慢慢地走来，影子般悄无声息。舅舅的拌嘴声没了，想来他已吃饱了月光。月光仍一晕晕荡进窗里，传递着一种阴阴的讯息。舅母的眼睛也放出蓝幽幽的光，何羽儿不怕舅母，却怕那蓝幽幽的光。她屏了息，极力叮嘱自己别怕。她悄悄动动手指，发现它们还自如着，放心了。

舅母的身影很高大，何羽儿知道是自己睡倒的缘由。要是她站起来，舅母也不过是平常的身坯。她想，舅母为啥这样做呢？但答案明摆着。舅母的脸上写着犹豫，她定然也在斗争着。她知道舅母不喜欢她，但舅母毕竟是舅母，何况她是给她家送狼肉来的。听得舅舅翻了个身，她知道舅舅醒着。听得舅舅悄声问，你真胡来？舅母没答话。舅舅就啥话也不说了。何羽儿想，要是舅舅没醒来多好，他没醒，自己还有舅舅；他一醒，这一生她就再也没舅舅了。听得舅舅又说，不要叫丫头受疼。何羽儿想，他总算还记得自己是外甥女儿。又想，他们为啥不想想自己睡没睡着？忽然，她发现不知何时，自家脖子里已多了道绳子，一端在舅舅手里，另一端在三个娃儿手里。他们屏了息，他们时刻准备着。要是一见她醒来，他们定然会用力的。何羽儿想，三个娃儿也没救了。她这才明白，舅母方才的那阵呵气，定然是在叫醒娃儿们。

舅母举了石头，她举得很高，她憋着气，这样她可以使出更多的力气。舅母的眼睛睁得很圆很大。何羽儿记得，她的眼睛本来只肿成个缝儿的呀。看来，一切都是迷惑她的。夜空里忽然显出一些陌生的面孔，都在朝她笑。何羽儿明白了，他们定然也死在舅母的姜锤石头下了。她想，怪不得别人家死了那么多人，舅舅家却只少了一个娃儿。她忽然明白了，那些死去的男人，定然是舅母的相好。他们被舅母哄上床后，就在姜锤石头的呼啸中进了阴司。他们都是风流鬼。他们睁了色迷迷的眼睛望何羽儿。他们或是想找替身，或是在等何羽儿进入他们的世界后再强暴她。这一想，屋里竟多了好些人，他们都举着姜锤石头。何羽儿发现，自己已陷入了包围。

那姜锤石头缓缓落下了，曳着风声。那本来很快的速度在何羽儿眼里像高速摄影机一样缓慢，那本来很轻的风也怒涛般吼了。男人们都在喊加油。他们龇着黄牙，喷着臭气；他们大睁着流着脓血的眼。他们知道何羽儿醒着，他们挤眉弄眼地提醒舅母。舅母却不动神色地将那石头砸下。何羽儿本可以抽出手，她一下就会抓住舅母的手腕，再一扭，就会折断它。她相信舅母的手腕会发出劈柴般的声响，跟黑乌鸦的叫声一样充满整个屋子。她觉出，颈部那道绳子正蓄势待勒，它像胀满了内力的蟒蛇一样颤动着。何羽儿觉出了扯绳者的兴奋和紧张。他们定然垂涎何羽儿那身处女的嫩肉，他们已经吃腻了老男人的粗皮老肉。他们对送上门来的细皮嫩肉流着口水。他们可不管她是外甥还是表姐，她只是一嘴可口的肉。她的乳房跟驼峰一样鲜嫩，她的手脚跟熊掌一样瓷实，她的脂肪跟酥油一样香美，她的舌头跟口条一样妙不可言。要是加一点“十三香”之类的调料，味道就更可观了。何羽儿甚至看到他们流溢着油水的嘴正嚼着自己的肉，她的手指被舅母当成了蚕豆嚼得嘎嘣直响。舅母的脸上流光溢彩美丽无比，她那性感的嘴唇拌动出十足的风韵，令那些风流鬼们越加垂涎三尺。他们轻歌曼舞着，万里长空且为忠魂舞。

姜锤石头仍在缓缓下落，拽动的风声胀满了天空。蓝幽幽的光四下里乱窜，很像漫山遍野的老鼠在磨牙。舅舅的心跳泄洪般喧嚣。待那石头快要吻到何羽儿的头时，听得舅母低哮了一声：“死吧，你！”舅母期待着石头下爆出的沉闷动静。以前，那动静或钝或脆或大或小或高或低，这要看石头着处的胖瘦和范围而定。要是发出扑哧一声，说明那食物是个肉头胖子，或是着石处正在鼻头上——有时，那惯于捣姜的石头会砸出四溢的鼻涕，这当然是很恶心的事。要是石头发出清脆和欢快的叫声，说明那食物是个瘦子，或是石头正中前额——有时，用力过猛砸塌前额，脑浆要是四溢就太暴殄天物了。要知道，脑浆是人身上最有营养价值的东西。三转儿最爱吃眼珠和脑子，每到锅中热气大冒时，他就首先扑了上去，伸出拇指、食指和中指，抠下眼睛和周围的一大团肉。眼珠是黑的，包眼珠的却是灰澄澄的白，咬来，都是瓷瓷的香。唯有咬眼珠时，苦水稍有点苦，但那香总会淹了苦味，就像太阳总会吹散乌云一样。舅母希望这次听到一声锐响，因为老伴说别叫丫头受疼。她是个善良的女人，她不希望自家的外甥女儿受太多的疼痛。她当然希望那石头击中天门脸或是太阳穴，那儿要是着了一下，人就会晕过去或是死去的。她跟专职的刽子手一样，熟悉所有的关窍。她当然希望听到锐响。

没想到的是，她却听到了一声闷响。从质感上感觉，跟砸到肚皮一样。她当然很吃惊。只是她的吃惊叫月夜贪污了，何羽儿看不太清楚。

舅母吃惊地发现，何羽儿正望着她。她不知道那一石头落在何处。从质感上，她怀疑石头落在了枕头上，但何羽儿正枕着枕头。

舅母发出一声怪叫。她再也不怕吵醒谁了。她疯了似的抡那石头。每次，都觉得砸在了枕头上，但那枕头，明明是在何羽儿的头下呀。

舅母终于累了。

她扔下石头，逃进厨房。很快，她舞个切刀扑出。她叫，你们等啥，叫她走了，你们还想活不？从她的语气上听出，她不仅仅是想食物了，她更想灭口。

切刀曳风声很利。很难相信，昼里看来那么弱的舅母，竟能使出密雨般的刀法。想来是她剁饺子馅时练就的。但怪的是，那切刀砍中的，仍是枕头。枕芯里的麦草飞了出来，像蜻蜓一样在屋里飞窜。

扯紧绳子，舅母叫。

何羽儿觉得颈中的绳子紧了。她怕动作稍慢着了道儿，就倏地扯了绳子，起身去了院里。她的动作很快，她到了院里时，舅母仍在砍枕头。

舅舅和娃儿们没有松手，就都到院里了。何羽儿很厌恶他们，使个手法，手中的绳子和坠物就成了流星锤。她觉得那流星锤很轻，就想，他们真饿坏了。

舅母扔下切刀，大哭。丫头呀，我们也想活呀！

她一哭，舅舅和娃儿们都松了手。他们像黑鸟一样四下里飞去。

娃儿们也厉厉地哭了。

一个黑影滚了来，跪在何羽儿面前，是舅舅。

舅舅嗷嗷大哭。

——精选自长篇小说《西夏咒》

豺狗子

1

不知何时，沙丘上多了好些模糊的黑点，有的奔向死驼处，有的却凝在沙丘上。莹儿听出是豺狗子。她的舌头都吓干了。她求救地望兰兰。兰兰端了枪观察一阵，说，不要紧，它们是奔食场而来的。那么大的死骆驼，够它们吃了，它们是不会冒险攻击人的。莹儿明白她在安慰自己。她很想说，说不准人家眼中的食场，正是我们呢。身子传递着一阵酥麻，她的腿一下子软了。

骆驼望着远处的沙丘，如临大敌。它们狠劲地突突着，时不时直杠杠叫一声。莹儿知道它们在威胁对方。听说狼怕驼啐，但没听说过豺狗子也怕，但驼的反应还是感动了她。她想，至少驼在声援自己。这已经很难得了。过去的岁月里，她很难得到这种声援。这世上，多落井下石者，多见利忘义者，多隔岸观火者，但声援者总是很稀罕。有时，哪怕仅仅是一句安慰的话，对一个濒临绝望的人来说，也是最大的帮助。

那公驼突突一阵，回望莹儿，仿佛说，你别怕，有我呢。那目光很叫她感动。莹儿想，成了，就算今天死在豺狗子口里，也不算是个孤鬼了。这一想，倒不再有多么害怕了。她对兰兰说，你也别怕，就算它们是奔我们来的，也没啥。头掉了不过碗大个疤。兰兰笑了，放下枪，说就是，细想来，真没个啥怕的。活着有啥好？只是，叫这群豺狗子吞了，却有些不甘心。

莹儿说想透了，谁吞还不是一样。你觉得豺狗子恶，它们的娃儿还认为爹妈好呢。不管它了，要死，也要当个饱死鬼。说着，她支了锅，倒进水，燃了火，和起面来。

兰兰将沙洼里的柴棵们都弄了来。有些柴棵好拣，有些却得借助柴刀。刀砍木柴声一起，豺狗子都慌了，骚动了好一阵。莹儿想，看来，它们也怕人哩。

吃了饭，兰兰燃起火来。她弄了好些柴，估计能烧一夜。两人也没支帐篷，就在火堆旁铺了褥子。因怕豺狗子抽驼的肠子，兰兰不敢叫骆驼去柴阔里吃，叫它们卧在火堆边，头朝外，尾朝火堆。这样，豺狗子即使真想抽肠子，也得先近火堆。驼们当然明白兰兰的心思，乖乖地卧了。莹儿抱些柴过去，叫驼们吃毛枝儿。

兰兰将驼皮弄开，毛朝上铺在沙上，这样一夜过去，干沙会吸去些水分，皮就会轻一些。等到了盐池，再在上面弄些盐巴，就能防虫蛀了。

入夜不久，死驼那儿就传来一阵又一阵撕咬声。豺狗子的叫声低沉而充满了嗔恨，在夜空里远远荡了去，又一晕晕荡了来，显得格外瘆人。驼们时不时抿了耳朵，发出突突声。骆驼是最能沉住气的动物，它们是轻易不抿耳朵的，说明它们很忌惮那群瘆虫。莹儿口中虽不怕死，但一想豺狗子那模样，心还是一阵阵哆嗦。

那边的撕咬越来越厉害，说明豺狗子们对食物的争夺越来越激烈，也说明驼肉已满足不了它们的需求了。莹儿很害怕。她明白，要是那死驼能满足了豺狗子贪婪的食欲，她们就相对安全些。要是狼多肉少，等啃完那堆肉，豺狗子就会惦记她们了。突然，莹儿想到了村子，想到了妈。此刻，村子竟显得那么遥远而模糊，仿佛远到另一世了。妈也很温馨地朝她笑着。她想，那时，要是想到她会有这样的处境，她不会顶撞妈的。但一想到妈想叫她嫁屠汉，她还是受不了。她想，冤家，我等你，飞出巢的鸟总有回来的时候，我等你。她想，等挣了钱，再给哥娶个媳妇，妈就不会逼她了。

兰兰取出了火药袋和铁砂，放在离火较远的地方。莹儿则往火中丢着柴，她丢的很少。她想，听说狼怕火，不知豺狗子怕不怕火？要是不怕火，她们活的希望就很小了。莹儿明白，要是那麻籽儿似的豺狗子一齐扑了来，连重机枪都挡不住，别说一支小小的火枪。

死驼那头的撕咬声越来越密，渐渐演化成一场大战了。惨叫声、吼叫声、威胁声、嘶鸣声一起扑来，间或夹杂着几声长长的嚎哭，莹儿怀疑是狼嚎。她的头皮麻了。兰兰说，豺狗子和狼抢食场呢。豺狗子那么多，它们会吃了狼的。

那团乱麻般的叫声越来越大，爆炸般扩散着，连星星也瑟缩着，渐渐没了。诸多音响汇成了巨大的旋风，在沙洼里啸卷着，忽而滚过去，忽而荡过来。忽然，一阵沉闷的撕咬声咬碎了嚎声，嚎声断断续续，渐渐被撕咬声吞了。另一个嚎声却突出重围，逃向远处。莹儿仿佛看到了那堆张着獠牙的动物正在狞笑着追赶。

兰兰捏捏莹儿的手。莹儿笑着回捏一下。两人的手心里有许多汗。莹儿悄声问，咋办？要不，我们走？兰兰说，来不及了，你的腿再快，也跑不过豺狗子……先多收拾些柴，熬到天亮再说。她叫莹儿拿手电照亮，自个儿抡了柴刀，将附近的柴棵无论干湿，都砍了来。兰兰抱些湿柴给骆驼，又往火中丢了一些。火中马上响起嗞嗞声。

沙丘上的豺狗子都跑去抢食了，骆驼也安稳了。食场里的撕咬声更凶了。豺狗子没固定食场，哪儿死了牲口，哪儿就是它们的食场。或者说，它们瞅中了哪儿的牲口，哪儿就是它们的食场。它们没固定的窝。除非到了生殖期，那些大腹便便的母豺狗子才可能在某处相对稳定地住些日子。待娃儿一大，它们便成了沙漠中的旋风，哪儿有吃食，它们就刮往哪儿。豺狗子没有地盘观念，它们不像狼呀豹们用尿在自己的地盘上做记号，不，它们用不着。因为它们从来不抢地盘，哪儿也没有它们的地盘，哪儿也都是它们的地盘。它们无处不在。只要有生命的地方，它们便会嘣儿嘎儿地出现，撕咬它们想撕咬的东西。在沙漠里，它们是一个摆不脱的梦魇。

兰兰认真地压着火，不使它熄，也不叫它暴燃。火跟身旁的枪一样，成为这个世界里仅有的两种心灵依怙了。

兰兰将驮架们放在火堆旁，除了火药距火堆稍远，其余的都挪到身边。她对莹儿说，这会儿，它们还顾不上这头，你稍稍眯一会儿，要是它们吃不饱的话，说不准就会打我们的主意。那时你想眯，也怕没时间。莹儿说，还是你眯吧。兰兰说也好，你操心些，别叫火熄了，省着点柴。枪上我压了火炮子，你小心些。说完，兰兰靠在驮架上，不一会，竟响起轻微的鼾声。莹儿想，她真是大肝花，在这号形势下，竟能睡熟。

莹儿加些柴，火大了些。她想到了跟灵官在一起打沙米的那个月夜。记得，也是个秋夜。算来，有一年了。一年来，她经历了太多，真有历经沧桑的感觉，仿佛活几百年了。她想，哪怕今夜死了，也不算夭折了，至少感觉上这样。有时想，人生来，本就是受苦的，要是啥都不经经就死去，不是跟没来一样吗？也好。她苦笑了。

那边的撕咬声小了些，但仍时不时响起，说明那儿还有食物，说明她还有机会想自己的事。但她也懒得想啥了，她觉得想啥也没用。人的命运不是你想想就能改变的。有时的想，反倒苦恼了自己。

不想它了。莹儿挑挑火，吹口气，叫那湿枝儿腾起火苗来。莹儿喜欢湿枝儿，喜欢它们发出的嗞嗞声。它跟鸟鸣一样，也是大自然中最美的音乐。莹儿想，要是那些豺狗子不危及自己生命的话，那撕咬声又何尝不是音乐呢？她认真地听那声音，透过外现的凶残，竟听出了一种柔音。

撕咬声渐渐息了。

一种巨大的静默卷了过来。莹儿甚至能感觉到那种挤压的质感，也仿佛看到了黑夜里绿绿的眼睛。她没机会仔细观察豺狗子的眼睛，但看过村里疯狗的眼。想来豺狗子望人时，也跟疯狗差不多吧？只是疯狗的眼睛红，豺狗子的眼睛绿，但红也罢，绿也罢，都定然会有贪婪，会有凶残。她能想出贪婪的眼神，比如那屠汉望她的眼神——想到这里，她干呕了一下，狠狠地晃晃脑袋——凶残是啥样子？她还真想不出来。记得妈妈在某个恨铁不成钢的瞬间，曾“凶残”地望过她，但她不知道那词儿形容母亲的目光是否妥当？此外，她想呀想呀，也实在没法在她的生活里找出凶残来。这样，四面的夜里，就只能显出屠汉和疯狗混合在一起的豺狗子眼睛。

莹儿恶心地干呕几声。她宁愿她的四周布满疯狗眼睛，也不愿再叫屠汉出现了。

忽然，骆驼狠狠地啐起来。莹儿吓了一跳。这说明，骆驼发现了逼近的危险。她推兰兰一把，亮了手电。光柱利利地扑向远处沙丘。那沙丘上，已密密麻麻地布满了绿灯。那绿灯，质感极强，它们磷火一样游动着，飘忽着来去。莹儿打个寒噤，往火中丢一把干柴，吹几口，火突地腾了起来。兰兰悄声说，别怕，它们怕火。她捞过枪，枪口朝天。莹儿说，要不，打一枪，唬一下？兰兰说别急，要是它们不逼近我们，我们也不惹它们。现在，是麻秆儿打狼，一家怕一家。它们要是习惯了枪声，反倒不妙。说着，她取过马灯，点了。

为防豺狗子们偷袭，兰兰将铺盖和驮架变了方向，以前她们面朝骆驼，现在成了背向骆驼。骆驼有夜眼。这一变化，等于多了两双监视豺狗子的眼。她们可以不管身后了，只警惕前方即可。

兰兰后悔没再多砍些柴，对燃多大的火才能震住豺狗子，她没有经验。她想，要是它们不怕火光，步步紧逼，火堆就得大一点。这点儿柴，怕支持不到天亮。

2

豺狗子寂悄悄的，不发出一点儿声音。它们定然也在观察对手。胃里有了垫底的食物，它们当然不急。骆驼也停止了咀嚼，不再啐唾沫。除了火的呼呼外，啥声音也没有。莹儿觉得，那静寂变成了两堵墙，狠劲地夹向自己。这感觉真怪。以前，她喜欢静，厌恶吵闹，可没想到，静也会这样肆无忌惮地冲撞心。心便猛劲地跳，使劲地擂胸膛。沙洼里也涨满了心跳，而且，她渐渐觉出了好多心跳，兰兰的，骆驼的，还有豺狗子的。兰兰的心跳跟棒槌声一样，骆驼的心跳像石磙在缓慢地滚，豺狗子们的心跳则像破锅里炒石子，很是碜牙。渐渐地，那碜牙的声音大了，神经里就多了千万根拉动的锯条。她狠劲地咬住牙，晃晃脑袋，像挨疼那样屏了息，但碜牙声却仍在响，想来是豺狗子在咬牙。但怪的是，自己的心跳声也越来越大。她真怕心脏承受不住。

兰兰往火中扔了些干柴，火大了些，但多大的火光也只能照上十来米，再远，就看不清了。反倒因了近处的火光，模糊了远处的沙丘。莹儿想，要是豺狗子们悄悄摸到近前，冷不防一个猛扑，她们是绝对无法反应的。她亮了手电，那强劲的光柱一射过去，沙丘上的黑点儿就慌张地动了，看来它们将手电当成闪电一样的东西了。听说，所有动物都怕雷电，因为沙漠里老有叫雷电殛死的动物。

看到豺狗子们的慌张，莹儿放心了些。她想，只要你有怕的东西就好。这一来，在火和枪之外，又多了一样叫豺狗子忌惮的武器。手电筒装着四节电池，她们还备了八节，就是连续用的话，也足能亮几个小时。

手电一熄，莹儿们又成了瞎子。她们只能看见模糊的沙丘轮廓。只有在火小时，才能望见远处黑里的绿绿的灯。这也成了个悖论。叫火小些吧，她们怕豺狗子们会一窝蜂扑了来。火燃大些，她们却成了瞎子。这情形，很像豺狗子们观看由人驼表演的节目。观众的视线都集中到了她们身上，她们却一眼的模糊。这真是要命的事。

兰兰想了个法子，叫莹儿侍候那火堆，自己却提了枪，提了火药，带了手电，伏在离火堆稍远处。这样，火光就影响不了自己的视力。要是有前来偷袭的豺狗子，她会用火枪招呼的。

一离开火堆，兰兰就发现四面多了好些绿灯。绿灯们飘忽着，说明那帮贪婪的动物又向前推进了。她瞅个绿灯最密的地方，瞄了，一扣扳机，扫帚样的火喷了出去。一阵惨叫传来。绿灯们倏地退了。兰兰笑道，不给点颜色，还以为老娘拿的是烧火棍呢。

那闷雷般的枪响真管用，光柱里的麻点儿小了好多。看样子，至少在百米外了。火枪能装好些铁砂，但有效射程不过二三十米。一些豺狗子虽中了铁砂，但想来只伤了皮毛。兰兰就选了一颗架子车钢珠，独子儿射得远些，连黄羊都能打下，不信还弄不死个豺狗子。兰兰说，打死一个豺狗子，至少能安稳一阵，一是给豺狗子一些颜色看看；二来，那些活豺狗子们会撕抢死者，她们就会赢得一些时间。兰兰说，到天亮，就好办了。也许，豺狗子跟狐子一样，习惯于夜里活动，日头一热，它们的头就疼。

看来，心真是个怪东西，多恐怖的场面，只要假以时间，它就会“木”了。虽然强敌仍在环伺，虽然命仍悬在蛛丝上，但两人却没方才那么紧张了。为了看清对手，兰兰过去，将明火压了，只留下火籽儿。这一来，四面的黑又压了来。她说，沙漠里的牧人多带火枪，豺狗子想来叫揍怕了。莹儿却说，也许它们是第一次见火枪呢。要是真见惯了火枪，它们不会逃这么老远的。兰兰说也倒是。

兰兰举了手电，像探照灯那样四下里扫，发现豺狗子多集中在东方。西边的沙山上反倒不见黑星儿。她们宿营时，是按老规矩选的地方，即背风，干燥。也就是说，她们背靠西面的沙山，面朝着相对宽敞的沙洼。兰兰说，这不好，要是豺狗子上了西面的沙山，人家只一滚，就会滚进我们的怀里，你连扣扳机的机会也没有。得挪到沙洼中间，这样，不管它从哪面来，都得跑一截路，我们才有准备的时间。

趁着豺狗子们叫枪声震闷的当儿，兰兰燃个大火把，在相对阔敞些的沙洼里燃起了一堆大火，两人老鼠挪窝似的将驮子、铺盖、柴棵、骆驼们移了过去。果然，半个时辰后，西面沙山上也布满了麻籽儿似的黑点。不过，莹儿却觉得，要是她们不搬，豺狗子们也未必敢上西沙山，因为那在火枪的有效距离之内。现在这样一搬家，反倒腹背受敌了。

一远离西沙山，清冷的漠风明显大了。莹儿觉得脊背凉飕飕的。她打开盛衣服的袋子，取了两件衣服，给兰兰披了一件，自己穿了一件。她们仍是背靠了骆驼，但骆驼却没方才安稳了，显然，它们也看到了西山上的豺狗子。莹儿说，不搬倒好些。兰兰说不搬有不搬的好，搬了也有搬了的好，不搬我怕它们偷袭，老觉得它们会滚下沙山。现在，我们在明处，它们也在明处，大家都亮了相，要打了吃劲打一场，大不了填豺肚子。又说，我是想透了，人生来，早死早脱孽。你咋也是个死，缩手缩脚是个死，你大了胆子折腾也是个死。要是那些豺狗子跟绵羊一样善良，我叫它们吃了也没啥。它们是啥？它们是一群喝血抽肠子的恶兽。

兰兰这话，又提醒了莹儿。跟豺狗子对峙了许久，她真模糊了对手的凶残。她想，要是它们嘣儿嘎儿地一齐扑来，眨眼之间，她们就会变成两具骨架。她又觉出了恐怖。兰兰却笑道，你怕啥，要真免不了死的话，你怕也是死，不怕也是死。就像你活一辈子，你笑也是活，你哭也是活，不如开开心心，自得其乐一辈子，你说是不？又说，我想透了，人其实活个心情，那幸福呀痛苦呀，其实都是心情。心情好了，人就幸福。有一辈子的好心情，就等于有了一辈子的幸福。我们没办法改变世界，但总能改变自己的心情，你说是不？

莹儿对兰兰真有些刮目相待了。细想来，自己的那些相思呀，痛苦呀，都离不了那道理。说穿了，陶醉她的，折磨她的，还是她自己的心情，要是没有那心情，日子当然好过多了。却想，其实，人的价值，不也是那点儿心情吗？要是真修得心静如水，也许会少了许多做人的滋味的。

兰兰嘘一声，用手电一扫西沙山，那密麻的点儿动了一下。兰兰叫莹儿拿手电照着，她趴在地上，托枪瞄一阵。一股火喷出，没听到惨叫，却见那一线黑点立马炸散开了。兰兰嘿一声，说，没打中。这独子儿，射程虽远，却没准头，还是铁砂好。莹儿说，你别乱放枪了。你不放，人家或许还忌惮你，你嘣儿嘣儿乱放一气，人家倒不怕了。兰兰边往枪里装火药，边说，我是想给它们一点颜色看看的，谁料越瞄越不准。

莹儿说的话没错，就像麻秆儿打狼，狼以为你拿的是棒子，不一定敢到你跟前；你要是用麻秆打它一下，它反倒发现你手中只是唬人的玩意儿。这一枪之后，豺狗子只是慌乱一阵，很快又围了上来，距离反倒更近了。而且，它们已经习惯了手电，无论莹儿咋扫射，它们也不骚乱了。莹儿想，要是它们习惯了枪声和火，她们就该填人家的肚子了。她想，那冤家是不会想到她有这样的结局的。要是他知道我填了豺肚子，会咋想？他会不会哭？也许，他会哭，但哭的时间长短，可就难说了。她见过好些卿卿我我的两口子，一方死了，另一方至多哭上一场，不久就有说有笑了。这一想，莹儿万念俱灰。她想，死就死吧。与其活着想那号没良心的货，还不如填豺肚子哩。

忽听兰兰叫道，快，点火点火。莹儿醒过来，见那火籽儿，已暗成一点红了。她忙用打火机点毛枝儿，毛枝儿湿，点了一阵，只是嗞嗞响。兰兰递过一把干柴，引燃了火。她说，你得将干柴和湿柴分开，看这阵势，它们要下歹心了。你在四面都弄上些柴，万一它们要扑，就点了。说着，她用手电一照。莹儿倒抽一口冷气：那密麻，直扎眼睛，最近的几个，都看到身体轮廓了。

兰兰说，你管好火堆，千万别叫熄了。我得给它们几枪，再不教训，人家就上你的头了。

这时，那一直沉默不响的豺狗子们突然齐声大叫，其声震天，很像亿万老鼠堕入沸汤时的惨叫。

兰兰回了一枪，但没压息那叫声。

3

兰兰拧亮了马灯，她只管装火药，放枪。豺狗子们或厉叫，或惨叫。它们虽没齐刷刷扑了来，却也没像方才那样一听枪响就炸散了。说明它们已习惯了枪声，不再把它当成多么了不起的东西。你想，一个狸猫大小的豺狗子敢跟狼争夺食物，而且不落下风，说明它的凶残和狡诈也不在狼之下。兰兰虽时不时放一枪，那些铁砂们时不时发出啸声扑向豺狗子，但它的震慑力明显弱了。恐怖又上了莹儿的心，兰兰也显得有些慌乱。莹儿说，你省着些用火药。兰兰嗯一声，说不要紧，来时带得多，熬到天亮问题不大。莹儿想，到了天亮，人家赖着不走的话，你有啥法子？却又想，由天断吧。

每装一次枪，得几分钟，一到这间隙，总有豺狗子跳跃着前来。它们在试探。看来，它们对火的畏惧倒比枪大。莹儿想，要是没火的话，它们定然早扑上来了。

看到那些试探的豺狗子，兰兰学聪明了，装了火药后，她悄悄瞄了，也不急着扣扳机，待那些胆大的豺狗子近些，再近些，距火堆有十多米时，就冷不防喷出一团火。这下，有几个豺狗子倒地惨叫了。它们发出吓人的叫。听那声音，它们的叫不是因为疼痛，而是因为愤怒。它们显然看不起这两个女人。没想到，就是这两个女人，竟叫它们吃了苦头。

一个豺狗子一瘸一拐地逃了。另几个叫一阵，渐渐寂了，说明铁砂打中了它们的要害。兰兰很高兴。她边装枪，边说，还是砂枪好，虽打不太远，可一打一大片。

听得骆驼又突突起来。原来，西边也出现了几个豺狗子，它们像嬉戏那样一跳一蹦，忽而跳左，忽而窜右。那样子，像是带有挑衅的意味，也像是在躲避子弹。豺狗子出现时都这样，它们天性如此。除了在有十足的把握扯牛大肠时，一般行动中，它们很少有猛虎扑食那样的行为。它们总是一副嘣儿嘎儿的嬉戏模样。它们的力量并不大，但借助惊人的弹跳力，它们往往能将尖牙利齿的威力发挥到极致。

兰兰装好了枪。她屏了息，瞄着那些蹦来蹦去的黑点。其实她也用不着瞄，那铁砂出枪口时，不过酒盅粗的一股火，待到了几丈外，火就牛车轱辘大了。夜幕里看来，着实吓人。

待得那嘣儿嘎儿的豺狗子再近些，兰兰扣动了扳机，不料只听到撞机的声响。原来情急之下，她忘了安火炮子。一个豺狗子听到了声响，也许它明白这声响意味着啥，竟扑了上来。莹儿虽吓得直抖，还是用手电照了。那豺狗子到了近前，却耸了身，只管朝她们龇牙。它像护崽的母狗那样唬着，幸好火焰燃得正高，不然，它早就扑上来了。而且，要是它放胆一扑，要不了几秒种，就能叼住一块人肉。莹儿见过它们在沙上的飞窜速度，那真是一道黑色的闪电。莹儿想抽藏刀，但要是放下手电，又怕豺狗子会趁机扑上。豺狗子低哮着，它的牙很白，眼珠不绿了，闪烁着一种飘忽不定的凶光。它定然是豺狗子群里最爱出风头的那一类，很像男人里想赢得女人赞许目光的发烧友。豺狗子尖嘴猴腮，有点像狐子。莹儿喜欢狐子，狐子身上有灵气，她很羡慕狐子那份轻灵的仙气。豺狗子身上却只有恶气。莹儿这时才算看清了什么是凶残。那凶残，正从它翻龇的牙里、低哮的声里、耸起的毛里往外喷呢。

那豺狗子边低哮边逼近，莹儿发现火对它的震慑似乎很有限。就像人中有智者一样，豺狗子群里定然也有智者，它们也可能发现火其实是个纸老虎。想来真是这样。公公就遇到过不怕火的狼，它一直跟了他一路，情急之中他燃起火堆，狼竟然挑衅似的在火堆上跳过来跳过去。要不是猎人给了它一枪，他哪有机会生下灵官们？莹儿想，生不下倒好些，那号没良心的，人咋对他好，也拴不住他的心。这一想，莹儿倒不怕豺狗子了。她朝它斥道，滚！你个没良心的。

枪响了！

大把铁砂窜出了枪口。它们是一群燃烧的蚊蚋。它们啸叫着，撞击着，像雨后的蜜蜂扑向群花那样兴奋，像饥饿的蚊子扑向少妇一样急切，像发情的儿马跳出栅栏那样欢势，像喷射的精子游向子宫那样汹涌，像被久旱困在泥水中的蝌蚪突遇清水那样欢畅。它们将那稠浓的夜色划成了碎缕。在进入豺狗子的身体前，它们先进了它的眸子。豺狗子的心虽小，眸子却广如大海，世界有多大，那眸子也有多大。铁砂们当然明白这一点，你就尽情地欢畅地游吧。

莹儿觉得，铁砂们摇动着尾巴前游时，还扭头望着她呢。……怎禁它临去时秋波那一转。记得，那冤家当初老念叨这一句。

铁砂入身的那一瞬，豺狗子瞪大了眼。显然，它明白这群欢游着的红色的蝌蚪，定然是来要它的命的。没错。它甚至只来得及扭动几下，就伸长了腿，大眼瞪天了。

兰兰说，你得把刀子准备好，看样子，也有不怕火的。她抹把汗。莹儿觉得脊背里凉飕飕的，她忙用手电照东面，见那些黑点已围上来了。

这有效的一枪并没镇住豺狗子们。

兰兰连喘息的时间也没了，她边装枪，边放。火药味弥漫在空中，她也不管打中打不中了，装一枪，放一枪，东一枪，西一枪。还好，火龙喷向哪面，哪面的豺狗子就退缩几步，但也仅仅是几步而已。枪声一停，它们就步步逼近了。莹儿取出为马灯准备的煤油。她想，万一豺狗子围扑了来，她就往那环绕着的柴棵上倒煤油。要是它们突破火环进来，她就索性点了所有的柴，自己也跳进去算了。怪的是，心里的怕淡了好多。多深的怕，在心里搁久了，也会渐渐淡的。对死的恐惧倒退到其次了，最大的遗憾是死在这群没起色的恶兽嘴里。一想这么好的身子竟会成了这群龇牙咧嘴的怪物的食物，她浑身不自在了。她最恶心的，是豺狗子口中流下的涎液。一想那黏液竟要粘上她干净的身子，她就干呕不已。因为夜里吃得不结实，肚子已有饿感了，当然也呕不出啥。那时时裹来的火药味更呛得她胸坎子发憋。透过烟雾，她发现枪声的作用很有限了，虽也时有豺狗子倒地惨叫，但别的豺狗子似乎已不在乎同伴的伤亡了。只有在兰兰的枪口指来的瞬间，它们才会稍稍躲避一下，但那是躲避，不是轰然而退，更不是四散溃逃。豺狗子能以瘦小之身打下好大的名头，当然有它的理由。在抢食时，即使是同伴被狼们撕成碎片，它们照样前赴后继，何况前方还有鲜嫩的女人和高大的骆驼呢。

枪声响得很稀。火枪装起来不太方便，先用铁溜子将一把火药顺下枪管，用捅子捅瓷实，再装入铁砂并加些火药捅瓷实。这样，每次枪响之后，就会有个间隙。每到这时，豺狗子就会嘣儿嘎儿地跳了来，直到再一次枪响后，它们才慌张地退缩一下。

豺狗子的退缩幅度越来越小。莹儿将火势弄得很大，火光已能照出豺狗子翻龇的牙，眼见得它们是越来越近了。可以预见的是，照这势头下去，它们跳火堆是迟早的事。它们虽然怕火，但要是熟悉了火性后，它们定然会不顾火焰的呼呼，一窝蜂扑了来的。

然后呢？她打个寒噤。

4

枪声已打不破豺狗子的环绕了。莹儿发现，兰兰的挪窝真是个错误，她们已四面受敌。枪里的火得分别喷向四面，才能使那些挤出低哮声的獠牙们稍稍晃动一下。

骆驼的啐声时不时响起，对那些瘆虫，它们早毛骨悚然了。但连枪声都不顾的豺狗子，咋会怕它们的突突声呢？骆驼狠劲地甩着脑袋，它们想扯断缰绳，但那最不禁疼的鼻孔却叫煣过的柳条桎梏着。虽扯得柴棵一阵阵猛晃，骆驼还是发现自己的无奈了。它们发现，那脆弱的鼻孔绝对抵不过柴棵的根系，就算它们扯断鼻梁，也未必就能逃出豺狗子的恶口。豺狗子已完成了对人驼的包围。骆驼要是一逃，会首先成为对方的追击目标。驼们终于安静了些，不再扯缰绳，但那突突声却不停息。莹儿明白那是在威胁豺狗子。她想，豺狗子连火枪都不惧，还会怕骆驼的唾星吗？

局面很不好了：一是柴不够了，那柴，堆着时，看起来很多，但坐吃都能山空，何况火一直没熄。感觉上，想来有几个时辰了。莹儿后悔刚入夜时没多弄些柴。现在，沙洼里有柴棵处都叫豺狗子占领了。包围圈也越来越小。你想弄柴，先得对付那堆獠牙。莹儿将所有的柴弄到一起，也只有坟堆大小。想到坟堆，莹儿觉得不吉。她想，也许，真要死了。但却没先前那么慌张。她眼里，死不可怕。以前，“死”字也时时会迸入心里，跟吃饭穿衣一样便当。但要叫豺狗子撕扯一气，却是她不愿意的事。豺狗子最爱动物内脏，一想它们会在自己肚子上掏个大洞，再将那尖脑袋探入腹腔，咬了肝花心肺一下下扯，她便不由得反胃了。早知道如此，她会在那个大雨之夜死去。又想，也好，叫豺狗子吞了，世上就留不下尸首了，爹妈就看不到女儿的惨状了。她的消失，就跟蒸发了一样，留不下一点痕迹了。也好。但一想豺狗子在吞了内脏后，还会将脸啃得一塌糊涂，她还是不由得一阵哆嗦。她想，冤家呀，既然我的美丽留不住你，那就喂豺狗子吧。她感到一阵恶意的快感，却涌出一脸的泪来。

兰兰斥道，火咋熄了？

莹儿抹把泪，扔把干毛枝儿，吹几口气，火燃起来。几个豺狗子已经很近了。兰兰装好了枪，朝它们一搂火，倒下了两个。另两个却没逃，反倒朝兰兰龇起牙来。莹儿往火头上扔些柴，火突起了。那两个才后缩几步。看来，豺狗子顾忌的，还是火，可惜柴不多了。要是火一熄，枪声怕也阻不住豺狗子了。莹儿留恋地望一眼天。她想，也许，这是最后一次看天了。因为有火光，星星模糊着，隐隐幻幻的，跟心里的那个盼头一样。她想，她蒸气般从世上消失后，他会不会寻找？他也许会骑了驼，沿了那纵横的沟壑，一边叫她的名字，一边撕心裂肺地哭。……你来迟了，她念叨着。谁叫你不珍惜呢？世上有好些东西，给你时，你不要。你想要时，却没了。你找吧，哪怕你找遍每一个沙粒，但注定找不到她了。莹儿有种恶作剧地跟他捉迷藏的意味。她虽然恨那迟到的冤家，但那恍惚里的寻找还是感动了她。她边往火中扔柴，边泪流满面。她总是这样，总在一种虚幻的营造里，首先感动她自己。

柴没了。

随着火头的缩小，豺狗子的圈子缩得更小了。它们当然也看到没柴了。它们齐声大叫，其声凌厉怖人。兰兰虽冷静地放枪，但装枪的速度慢了，她肯定慌张了。莹儿反倒冷静了。她想，我是不能失态的，我改变不了命运，但我不失态总成吧？她知道，哭呀闹呀，是赶不走豺狗子的。那就不哭。她看到了火焰开始收缩。那是光明，是生的光明，是希望的光明，是黑暗中最温暖的东西，但它收缩了。她听到豺狗子们在欢呼。它们真是在欢呼。双方间的较量已不再是食物问题，已超越了物质层面。因为豺狗子们不再吞噬同伴尸体了。虽然它们照样可以充饥，但火光和枪声显然激活了它们的另一种天性。

火光没了。黑压了过来，那一圈绿灯凸现出来。如同杯水无法浇熄火焰山一样，手电和枪声已很难震慑看到了胜利曙光的豺狗子了。兰兰装枪的速度更慢了，仿佛她在思考是否还要做无谓的抵抗。豺狗子们却只是尖叫，并不急着上扑，像是还有所顾忌，也像在玩猫逗老鼠的把戏。要是你听过豺狗子们的尖叫的话，你定然会明白那千百种可怕的声音一齐发出会有怎样的恐怖效果。那叫声是疯狗的狂吠、饿狼的哀鸣、泼妇的撒泼、屠夫的诅咒等诸多音响的混合物，它仿佛不是发自喉咙，而是从牙缝里挤出的。伴那声响的，还有涎液和狞笑。莹儿像是进入了梦魇。豺狗子缓慢地前移着，眼中的绿光水一样流动，映绿了涎液，发出汩汩的声音。

莹儿只希望，它们能一口咬断自己的喉咙，别先抽她的肠子。她最怕在尚有生命时，看到自己身体的一片狼藉。她不想看到自己的丑陋，不想叫自己的血肉跟粪便搅在一起，也不想叫那成团成团的绿头苍蝇绕着她嗡嗡，更不想叫身子滋养出乱嚷嚷的蝇卵。一想，莹儿又想呕了，就祈祷说，豺狗子呀，你要吃的话，就索性吃个净光，别留下一点儿渣滓。

绿光很近了。她甚至听到了它们的喘息。她等着它们扑上。她见过它们的弹跳速度，只要它们后腿一蹬，瞬间就能叼住她的喉咙。那时，一切就结束了，相思结束了，痛苦结束了，挣扎结束了。也许，她就会堕入一团没有亮光的黑里。她不知道她会不会有知觉。她当然希望有，一想自己会成为一团没有知觉的黑，她的心就会一紧。但又想，管那么多干啥？到哪时，说哪时的话。也许，生命结束之后，反倒有更美的景致。——当然，这可不好说。她觉得更美的景致里应该有他。没有他，多美的景致，也会没了意思。

莹儿望着那些环顾的眼，伸了伸脖子，想，你们来吧。

你们等啥？

她觉得一股风呼地扑来了。

5

谁料，随了那呼呼声腾起的，竟是一股冲天大火。莹儿闻到了刺鼻的火药味。那火直冲夜空。莹儿的头发也叫火燎了一下。豺狗子惊叫着，后退几步。莹儿正吃惊呢，见兰兰手一扬，火又蹿上半空了。她明白了，兰兰在往火中撒火药呢。那火药的力道，当然比柴棵的大，难怪将豺狗子吓懵了。

兰兰说，你别等死，快撕褥子，浇上煤油。

这下提醒了莹儿：就是，还有好些能烧的呢。

藏刀很利，几下就将帐篷和褥子割成碎块。兰兰叫她再割被子。莹儿往布片和驼毛上浇些煤油。煤油虽是给马灯准备的，要是没有马灯，行夜路当然不方便，但此刻，先顾命吧。莹儿淋了油，点燃。她本来想往熄了的火堆上放，谁知火燃起后，却心念一动，便索性将火球扔向豺狗子。那团火发出一晕一晕的光圈，缓慢地飞到东面的一个豺狗子身上，引燃了它身上的毛。豺狗子吓坏了，直了声惨叫。它背了火，四下里乱窜。东面豺狗子的阵脚大乱，轰地退出了老远。但豺狗子毕竟不是易燃物，油一燃净，毛一着光，火便熄了。那豺狗子的命虽保住了，却疼得直声长嚎，竟发出狼的嚎声了。

兰兰叫了一声好。她放下火药袋，燃了蘸油的驼毛团，扔向另外三面的豺狗子。这招真管用，豺狗子们四散而逃，但它们也不甘心就这样退去，退到二十米开外，便停了下来，瞪了绿眼发呆。

兰兰说，再不能傻等了，想法子逃吧。

莹儿说，也好。她在那些布片毛团上都浇了油，她不敢浇太多，只希望能引燃布片和驼毛就成。她腾出两个大塑料袋，将驼毛们分装了。

那是她们的手榴弹，或许能炸开包围圈的。两人将驮架安到骆驼身上拴牢，将所有东西都拾掇停当。兰兰装了枪，将火药袋挂在脖里。两人骑了驼，各带了打火机和蘸了油的驼毛。莹儿揣好藏刀。她想，就算要死，也不能伸了脖子叫你们啃。

兰兰在前头开路。她亮着手电，那光柱劈开前方的夜。豺狗子们惊魂未定，都寂寂地望着，见兰兰过来，竟慌乱地闪到一旁。兰兰本想开枪扫路，见豺狗子们竟闪开了路，不由暗喜，对莹儿说，别跑，我们慢慢走。一跑，它们还以为我们怕呢。莹儿手中备好了毛团，随时准备点燃后投出，但她怕驼一跑，风一大，会打不着火，就说，就是，慢些好，反正跑也跑不过人家，反倒显得心虚。

但人不想快跑，驼却想快跑。它们当然忌惮那环伺的牙齿。它们突突几声，再直杠杠叫几声。兰兰用力拽驼们的鼻圈，好容易才叫那颠颠的驼掌稳了些。

豺狗子既然寂声不语，兰兰也不招惹它们。在吆驼经过豺狗子闪出的缺口时，莹儿一手燃了打火机，一边备好驼毛。要是豺狗子们一有反应，她就投出火去。豺狗子们似乎明白她的心事，后退了几步。

手电的光柱照着起伏而去的大漠，东方已有了亮色。这是希望的曙光。莹儿松了口气。她已经疲惫到极致了。紧张时，倒觉不出啥，此刻，她的骨髓似被抽空了，眼睛也硬往一块儿合。某个瞬间里，她甚至没了意识。她怀疑自己在那一瞬堕入了睡眠。她真想睡去。就算是身后有豺狗子，她也真想睡去。

兰兰的手电由前照变成了后射。光柱里，一线黑点儿变成了一攒，凝在沙洼里。那堆火籽儿仍发出昏黄的光。驼铃引来清冷的漠风，水一样在身上漫过，凉到心里了。莹儿很喜欢这风，因为流了好多汗，她觉得口很渴。她将毛团放入塑料袋，解下挂在驼架上的水拉子，她喝了几口，递给兰兰。兰兰把枪挂到脖里，接过拉子，喝了一气。兰兰本是最惜水的，但这场生死历练后，她想犒劳一下自己。

光柱里的那攒黑点儿越来越小了。莹儿舒口气。她很奇怪，那么凶残的动物，竟会叫暴燃的火药和飞去的火团吓成这样。也许，这就算出奇不意了。

东方的亮色浓了些。风越加清冽，它沿着祁连山回旋而下，将莹儿的疲惫吹淡了些。骆驼响亮地打着响嚏，带着很庆幸的意味，步子也大了起来。兰兰也不再拽缰绳了。不管咋说，离那瘆虫越远越好。但莹儿害怕这一跑，反倒提醒了豺狗子。兰兰再拿手电照去，却不见那黑点儿，一道沙山将它们隔开了。也好，兰兰松了缰绳，狠劲一夹腿，骆驼狂奔起来。

驼峰看起来很稳，骑上去却没马背平顺。莹儿将盛驼毛的塑料袋拴在驮架上，两手撕住驼峰。她最怕驼惊，要是驼惊了，她是驾驭不了的。

兰兰看出了这一点，她开始控制速度。火枪在她胸前晃得很凶。她一手持枪，一手扯缰绳。那驼倒也听话，步子慢了下来。莹儿的驼跟着兰兰，前驼一停，后驼也就慢了。

但豺狗子的怪叫声也传来了。莹儿忙取出洒过油的驼毛，她一次次按打火机，但都叫风吹熄了。好容易引燃驼毛，抛向后面，但追击的豺狗子只是拐了一下弯。它们并没被那火团吓住。骆驼又慌乱地颠起来。兰兰向后举了枪，却只听到一声轻微的火炮声，想来，枪里的火药早在颠簸中撒了。

莹儿一次次按亮打火机，一次次被风吹熄。她明白，就算是引燃袋中的驼毛，也阻不住豺狗子了。沙漠很大，路很多，它们稍一绕，就会将你好不容易引燃的火绕开。莹儿索性装了打火机，仍将那驼毛装入塑料袋。她一手撕住驼峰，一手握了藏刀。没办法，她想，只好拼了。兰兰也试着装了几次火药，都在颠簸中撒了，也只好放弃努力。用不着她再夹腿，驼蹿的速度更快了。现在，活的唯一希望就是看驼的奔跑能力了。但她俩都知道，豺狗子是沙漠里最善跑的动物之一。单凭逃，很难逃脱它们的利齿。

不经意间，麻乎乎的天完全亮了。莹儿见豺狗子虽在追赶，但并不是全力追赶，显然还忌惮她们手中有秘密武器。这就好。它们的叫声却叫耳旁的风声和驼身上灶具的踢里哐啷声盖了。兰兰高声喊，你别怕，等日头爷高了，它们就该滚了。你骑好，小心摔下去。这好意的提醒，反倒使莹儿慌张了。她想，要是摔下驼背，立马就会被啃成骨架。她最怕驼会失蹄，因为沙漠里有好些鼠洞，要是驼掌踩进鼠洞，驼身的重量仍会惯性向前，就会折断驼腿。鼠洞多在阴洼，但兰兰仍将驼吆往阴洼，因为阳洼里浮沙多，豺狗子们却能如履平地，骆驼稍不小心，就会滚洼的。

看得出，豺狗子是决不甘心叫眼前的这些食物逃走的。追了一阵，见对手也没玩出个啥新花样，就放大了胆子，撒欢似追。它们越来越近，驼的步子慌乱了。莹儿想，像这样逃，不定啥时候，驼就会失了前蹄的。真要命。心却疲了，那恐惧呀啥的，也叫疲淹了，只能由驼了。已经听得见豺狗子咻咻的出气声了。她想，只要它们再蹿一阵，一包抄，一切就该结束了。

忽见兰兰扔出个东西，莹儿认出是那个装驼毛的塑料袋。豺狗子滞了一滞，但很快，它们便明白那是啥了。它们一窝蜂上前，将塑料袋撕得一塌糊涂。这一下提醒了莹儿。兰兰那一招，虽没完全阻住豺狗子，但至少缓解了危机。她一手撕住驼峰，一手去扯解装灶具的袋子。她本想用手解的，哪知她摸索了半天，却不能如愿。又见一个豺狗子已跟驼并齐了，它仍是嘣儿嘎儿地挑衅着。莹儿朝袋子划了一刀，只听一声碎响，锅呀，碗呀，筷子呀，相互撞击着，甩了下来，发出巨大的声音。这一下，把豺狗子吓坏了。它们定是将那发出怪响的东西当成对方的杀手锏了，竟齐齐驻足了。

兰兰说，对，把该扔的扔了，保命要紧。

莹儿们趁机又逃出了老远。她们知道那东西只能暂时骗一下豺狗子。兰兰喊，你将备用的衣服取出来，只留下水和馍馍。一见它们追上了，就扔下一件，先顾命要紧。莹儿摸索了半天，才将那放衣物的包袱抽出，身后的厉叫声又响了。

日头爷冒出了半个脑袋，豺狗子们似乎并不怕大地上涌出的白盘。那场追逐已变成了闹剧。豺狗子对花衣的兴趣更大，一见飘下件衣物，便兴奋地一拥而上，你撕我咬，衣服很快变成了满地的花蝴蝶。包袱里的衣服一件件扔下，引起了豺狗子一次次的兴趣。它们显然明白对手的本事也到头了，就从容地将那撕衣游戏玩到了极致。每撕去一件衣服，它们总要嘣儿嘎儿跳一阵。莹儿知道正是那衣物缓解了扑来的死亡，但还是很心疼。最后，只剩下一件天蓝色外衣了。这是灵官买的，是她爱情的证物，每次见到它，她的心里就会涌上一股奇美的旋律。她想，这件，我说啥也不扔了。要死就跟它死一块儿。她索性将这件外衣穿在身上。

兰兰也扔下了好些东西，它们该起的作用也起到了。日头爷升到了半白杨树高。没有红霞，这意味着天会很热。但那些追逐的豺狗子们并没有头疼的迹象。兰兰说，对这沙路，她已糊涂了，反正往东逃吧，碰上牧人的话，再问路不迟。问题是她们仍是摆不脱豺狗子，它们在撕扯花衣的过程中耗光了热情，对她们扔下的别的东西也不感兴趣了。它们甚至对猎物们一次次丢东西的行为表示出极大的愤怒。于是，它们发出很大的叫声，叫声里充满了杀机。听得出，它们已完全弄清了那两驼两人的底细，谅她们再也玩不出新花样了。

它们要下杀手了。

满沙洼滚动着一堆堆厉叫。

6

豺狗子风一样卷了来。

莹儿见扔下的物件已无法再吸引豺狗子，就懒得扔了。明知死已逼到近前，那不甘心又冒了出来。心里有种灰灰的感觉。每到绝望时，都这样。整个世界都灰了。豺狗子的厉叫变成了梦，颠簸的沙丘变成了梦，在飞奔的驼上时时回顾安慰她的兰兰也变成了梦。她想不到自己会是这样一个结局。一股苍凉感从灵魂深处腾起，很像贤孝里的悲音。莹儿的梦幻感更浓了。恍惚的回眸里，豺狗子们像热锅上的跳蚤一样跃在她身后。它们是来要她的命的。但怪的是，她心里只有极度的疲惫。疲惫把一切都幻化了，连她自己也成了影子。

驼上坡下洼，颠簸度越来越大。莹儿差点叫颠下驼背。她想，颠下就颠下吧，反正是迟早的事。她的心虽这样说，但身体竟自个儿伏了，跟驼峰贴得更紧。听说，身体是神灵的城堡。她也懒得祈祷体内的神灵们。她想，随你们吧，你们想喂豺狗子，就喂吧。她真有些奇怪自己了，仿佛豺狗子们追逐的，是另一些人。

后面的声音没了，不知是真没了，还是在感觉里没了，反正没了。驼的喘息也没了。耳旁的风也没了。一切，都晶在一块巨大的水晶里了。颠簸感虽有，但也影子一样了。

身子乏到极致了。她真想在驼背上睡过去，哪怕豺狗子们抽肠子或是啃肉，都不在乎了。但身体虽乏，心却在恍惚里清醒着。她想，那恍惚的梦幻感，也许是真正的清醒吧？……一切都成梦了。遥远的爹妈是梦，逼近的豺狗子是梦，颠簸的驼峰是梦，她忽而悬上半天的命也是梦。那生命的弦音，当然更是梦了。她想，这感觉，是不是就叫“看破红尘”呢？万念俱灰又恍然如梦。却明白，这所谓的“看破”，还不彻底。因为那不甘心，仍游丝一样，在心中摇来曳去。

兰兰慢了下来。她拽着驼缰，不使自己离莹儿过远。但那驼却另有想法，想来它明白，虽然它们跑不过豺狗子，但却能跑过另一峰驼。莹儿很感动兰兰的拽缰。她想，只有在这时，你才能看出一个人是不是值得你用生命去交。她想，命运真好，能给她一个愿跟她生死与共的姊妹。

兰兰发出尖叫，她在唬豺狗子，或是想将它们引向自己。莹儿苦笑了，她想，人家连枪都不怕了，还怕你的叫？她喊，兰兰，你别管我，你先逃，逃出一个是一个。兰兰瞪她一眼，啥话？你别怕，等日头爷再高些，它们的头就疼了。莹儿明白，她在给自己宽心。只听过狐子在太阳下头疼，没听过豺狗子也这样。

莹儿回望一下，见豺狗子嘣儿嘎儿，越来越近。最近的几个，已离她骑的驼不到两丈了。她甚至能看到它们贪婪的眼了，还有那翻龇的牙，还有蹬飞的黄沙。这一望，那叫虚幻感消解的恐怖又出现了。她想，叫那肮脏的嘴咬一下，真比死还难受呢，心里就升起了对豺狗子的厌恶。本来她还有种听天由命的味道，厌恶却叫她握紧了刀。她想，你别想轻易地咬我。她拍拍驼背，说，你可走好，可别滚洼，我叫豺狗子尝尝刀子。驼叫一声，仿佛说，你还不放心咱吗？

莹儿咬着牙，挣出虚幻感。她明白那感觉很危险，豺狗子可不管你是不是虚幻，它眼里的肉是实实在在的。死亡也是实实在在的。不管咋说，爹妈给了这么好的身子，乖乖地叫豺狗子撕，也对不起爹妈。

听得兰兰叫，拿刀捅呀。莹儿扭头，泪眼里弹上一个黑丸，下意识举刀捅了去，才觉得刀触着了啥，黑丸已惨叫着滚下沙洼了。兰兰叫，好，捅死一个。莹儿吃惊地看看藏刀，果然看到了血。她很吃惊，豺狗子咋如此不禁捅？一想，却明白了，那豺狗子不过狸猫大小，捅它，也跟捅狸猫差不多。她的胆子大了。见驼后的豺狗子一蹦一蹦想扯骆驼肠子，就举刀刺去。哪知，刺了几下，却连根毛也没碰着。

兰兰稳了身子，往火枪里装火药，她好容易才将溜子探进枪管，这下好了，火药虽有撒在外面的，也有部分进枪管了。她边装边捅，口中却发出呵斥声，就像她在村里突遇恶狗时那样。

几个豺狗子赶了上来，莹儿放大了胆子，像电影上的骑兵那样抡圆了藏刀乱砍，虽没砍中，它们倒也不敢贸然上扑了。它们边尖叫，边弹跳，它们显然想叫对方的精神崩溃。莹儿虽也害怕，藏刀的乱劈之势却没有稍减。倒是骆驼慌张了，开始东扭西扭。莹儿怕它乱跑，猛扯缰绳，好容易才遏制住它跟兰兰们分道扬镳的势头。

一个豺狗子趁机扑了上来。它似乎是想叼莹儿捉刀的手腕，但它没计算好提前量，落下时，却到了驼尾上，莹儿举刀猛刺，虽将它刺了下去，却将骆驼屁股也刺开了一个大洞。血一下冒了出来。骆驼也更慌张了。

闻到了血腥的豺狗子野性大发，它们纷纷蹿到前方。它们的意图很明显，它们要截下前蹿的驼。驼中计了，它猛地拐了方向。忽听兰兰叫，抱紧脖子！莹儿还没明白过来，就觉得一股大力抛出了她。她嗖地飞向半空，她似乎还在空中翻了几个跟头，就觉得许多沙粒向她打来。她只好闭上眼睛，由了身子滚。纷飞的沙子一阵阵泼向她的脸。她想，完了，这下，掉豺狗子嘴里了。妈呀！她叫。无论她以前如何怨妈，这一时刻，她叫出口的，仍是妈。

7

快！快！

身子的滚动刚刚停下，莹儿就听到了兰兰的叫。她睁开眼，先看到两根粗大的驼腿，然后看到兰兰伸下的手。她捉了那手，立起身。快上！兰兰又叫，莹儿扯着兰兰的手，踩着兰兰伸过的脚，好容易才爬上了驼背。她看到自家那驼还在挣扎着惨叫，驼身上虱子一样爬满了豺狗子。兰兰说，没治了。它的腿断了，想来它踩进了鼠洞。

豺狗子们都扑向那惨叫的驼。虽也有一个豺狗子试探着想靠近这儿，兰兰咬了牙，一枪便将它打倒在沙上。兰兰也不急着离开，她明白，那倒地的驼，足够豺狗子们吃了。她慢慢地装了枪。

莹儿脑中却一阵嗡嗡，天塌了似的。那驼，是爹的爱物，人家出了四千块，他还舍不得卖呢。她想，与其这样，还不如自家喂了豺狗子。她木木地望着叫豺狗子扯得直声惨叫的驼，眼泪喷了出来。她说，还不如我死呢。兰兰虽也难受，却安慰道：咋说这号话？有人就有一切。有了我们两个大活人，不信还赔不了驼？

莹儿这才觉出了漠风，它吹透了自己的衣服，吹进心里了。她从里到外觉出了凉。对那些豺狗子疯狂的大嚼，倒也没觉出多少厌恶。驼已不叫了，它长伸四腿躺在沙坡上。它的身上盖满了豺狗子，只有四个蹄子还露在外面。豺狗子的所有注意力都转移到死驼身上了。它们懒得再望莹儿们。它们的对手变成了正跟它们抢食的同类。它们开始了相互的撕咬。莹儿想到方才那驼还驮了她跑呢，此刻却成一堆肉了。那虚幻又一下子扑了来。

兰兰装好了枪，叹息一声，说走吧。

她松开缰绳，用不着发命令，驼就掉转身，颠颠着跑起来。同伴的命运定然也强烈地刺激着它。虽然它的身子已叫汗水浇透，但那速度却仍然很快。是的，最厉害的鞭子，便是豺狗子尖牙的威胁。

莹儿抹去了泪。她想，哭是没意思的。兰兰叹道，别的没啥，只可惜了那些水。不过，也没啥，剩下的这些，我们省着些喝。

兰兰这一说，仿佛碰到了饥渴开关，那汹涌的饥渴开始醒了，扑向莹儿。两人在驼背上喝了点水，吃了些馍。兰兰说，幸好爹有经验，叫她们把吃食和水分成两份，不然，就算逃过豺狗子的嘴，也会变成渴死鬼。莹儿苦笑道，那是我们的罪还没受够。兰兰安慰说，不要紧，大难不死，必有后福呀。莹儿却想，那死不死的，现在还难说得很。谁知道吞了那驼肉后，豺狗子会不会再次追来？

绷紧的神经一松弛，困意就大网般罩了来。两人都打起了瞌睡，有些东倒西歪了。兰兰强打精神，她怕骆驼胡乱跑了去。虽已迷了路，到了一个从没来过的地方，但兰兰知道，要是一直朝东走，即使迷了路，也没啥大不了。因为东边是蒙古，那儿总能碰到人烟的。有人烟就好，就怕没人烟，一人的食水两个人用，支持不了几天的。要是再遇上鬼打墙，绕不了多久，她们就会变成木乃伊。

驼的喘息声越来越大，跑了老远的路，又驮了两人，夜里吃的草料早化成热量了。要不是驼峰开始提供养分的话，驼早没体力了。兰兰想，得找个草多处，叫骆驼吃些草，她们也多少歇一会。她实在没气力了，头里面有几辆拖拉机在跑。莹儿已歪了身子倚着她睡了，兰兰怕再不休息，驼吃不消不说，她们也会栽下驼背的。

转过一道沙梁，见有些沙秸，虽是些陈年沙秸，骆驼是不嫌的。它的食物圈很大，沙漠里的大部分植物都能入口，兰兰晃醒莹儿。两人下了驼，兰兰将驼拴在一棵根系很粗的柴上，也没卸驮子，两人就萎在干沙上，还没躺平顺呢，已堕入了梦乡。

不知过了多久，炽热的太阳烤醒了兰兰。她满头大汗，嗓子眼里冒着火。日头爷快到正午了。沙洼里没有一丝儿风。

骆驼却不见了。

兰兰吃了一惊，忙推醒莹儿。她说，骆驼跑了。她虽是个强性子，话音里却带了哭音。莹儿梦里正跟豺狗子周旋呢，一听兰兰的话，舌头倏地麻了。她想，完了，驼身上带着吃食和水，却跑了。这不是要命吗？

两人沿了驼的掌印去找。幸好没刮风，驼掌清晰地印在沙上。那一串串或深或浅的印儿通向天边。兰兰暗暗叫苦：要是那驼执意要逃的话，她们是无论如何撵不上的。狐颠颠，人三天。驼也一样，驼要是颠颠着跑上一气，人要想赶上，也得好长时间。按说，驼通人性，是不会半路逃跑的。它们也知道，在偌大的沙窝里，无论任何理由的逃，都是很不仗义的。何况，你还驮了人家的养命食水。

两人本就劳累，追了一阵，都喘粗气。兰兰说，不知它是去寻草场水源呢，还是逃跑了？要真是逃跑，她们的追是毫无意义的。两人萎在沙上，喘息一阵。莹儿说，找找看吧，尽了人力再说。两人又沿了那印迹跌撞而行。那印儿，忽而上坡，忽而下洼，她们只追到滚在蹄洼里的一个馍馍，却不见一点驼的影子。

兰兰擦擦汗，说，像这号驼，才是该喂豺狗子的。你说，该死的不死，不该死的却偏偏死了。莹儿说，再追追看吧。看这样子，馍馍袋子烂了，追不上驼了，能追上几个馍也好。兰兰说也好。追了一阵，她们又见到了几个馍馍。再追，就只有脚印了。兰兰说，那骚驼说不定把漏下的馍都吃了。果然，她们在一处沙上发现了一堆馍馍渣。

算了。不追了。兰兰说。

8

骆驼一逃走，姑嫂俩如遭雷殛。骆驼带走了馍馍和水。……没馍馍也成。因为沙窝里有沙米们，饿是饿不死的。没水可就要命了。那发着声波的日光一下下舔你的肌肤，要不了多久，你的血就稠得流不动了。再晒，你就干透了。你想活，也只能以灵魂的方式存在，肉体是不会听你的话了。却想，也难怪，驼也叫吓坏了。谁也是命，你怕豺狗子，人家也怕，而且前路有那么多未知的风险，它当然怕了。

两人坐在沙上，任日光烤炽，谁都不想说啥。驼将所有的生机都带走了。照这样子，她们走不了多远的。你每走一步，除了你消耗的水分外，日头爷还要夺走一些。真没治了，祸不单行呀。

骆驼没逃时，虽有渴意，还能忍受，稍微抿一口水，就能缓解那渴。骆驼一逃，周身的渴一下子醒了，每个细胞都喷出干渴来。莹儿甚至听到了细胞因缺水而破碎的声音。那声响，跟赤脚走在麦杆子上很相似。喉咙里像有无数只豺狗子的爪子在疯狂地骚动，充满了毛呵呵扎洼洼的感觉，又像是有一团的蝇卵在白乳胶里蠕动，黏黏的，很恶心。她极力不去想那画面，但还是厌恶自己了。跟豺狗子搏斗时，虽时有凶险，还能看得到对手，时不时也能给它一击。此刻，不知道对手去哪儿了。也许，那发出白光的日头爷算一个，但跟日头爷较劲，是讨不到好处的。

莹儿索性躺在沙上，无奈地望天。日光直接照到她脸上了。她想，日头爷，由你烤吧，你索性一下子烤干了我，叫我少受些苦。……要是再叫沙埋了那干尸，千年之后，人们也会挖出她，说不定，还会放到博物馆里呢。灵官就在凉州博物馆见过一具千年前的女尸，他说很难看。

谁也不知道她是否爱过，或有过怎样的人生轨迹。那女尸，也不会告诉世人了。她的身世成了一个巨大的秘密。听说，好些学者想研究她的由来，但都是老虎吃天无从下口。莹儿想，要是千年后自己也被挖出，也会是个巨大的谜，没人知道她曾爱过，曾和一个叫灵官的男孩闹出过一段销魂。她想，这秘密也没人能考证得出的。她感到一阵恶作剧似的快感。她偷偷笑了，想，叫你们考呀证呀，累个贼死，你能考出我心里想啥吗？能考出我曾咋样爱他吗？不能吧，一群废物。她仿佛看到了学者们一头汗水的尴尬相，快意地笑了。

又想，既然别人考证不出啥，那不是等于这世上没存在过那段爱吗？就是，多好的花，要是开在偏僻的山谷，人看不到，不也等于没开花吗？这一想，她急了。她想，无论怎样，就算现在她如何隐瞒，无令人知，待得千年以后，还是应该有人考证出世上存在过那样一段生生死死的爱的。否则，不跟开在无人处的花一样吗？她想，得生个法儿，叫后来的人明白她有过一段怎样的情。

莹儿想呀想呀，实在想不出个好办法。要是眼前有石头，她会用藏刀在上面刻上字。她甚至想好了她该刻哪几个字。她费劲地看了看，没见到石头。眼前只有沙，沙是啥？沙是世上最不可靠的东西，你哪怕将最忠诚的心交给它，风一吹，就会抹了它。莹儿多希望能有块石头呀，可石头也跟命运里的盼头一样，不是你叫它，它就会应声而到的。莹儿想呀想呀，终于想到了一个法子。听得灵官说过，在金刚亥母洞，出土了好些西夏文物，最多的是丝绸。那真是好丝绸，无论质地和花纹都叫专家们啧啧不已。有些国师，就在那丝绸上写字。她想，丝绸都能穿越千年，从西夏走到现在，她的衣服也许会这样。要是在潮湿的地区，多好的衣物当然会被焐成灰，但在这沙漠的干沙里，衣物肯定能保存好长时间，就算没有千年，也会有个几百年。成了，一样。对一个死人来说，千年或百年，一样，一样呀。

莹儿想用血在衣裳上写上字。她将食指探进口中，用力地咬。她很怕疼，才一咬，就觉疼旋风般搅了。她忙松了口。她想，自己不过轻轻一咬，就忍受不了，那叫豺狗子们活咬的骆驼该如何难受呀？她的心哆嗦了一下，觉得自己对不起它。她想，要是她像兰兰那样注意吆驼，它也许不会折腿的。但那歉疚很快没了，因为她想做的事，又在起劲地叫她了。既知道那慢咬会瓦解意志，就索性抽出藏刀，伸出食指，在刃上划了一下。

血从刀口处渗出了，渗得很慢，莹儿脱下那件蓝褂子，用血在上面写字。哪知，才写了一画，血就没了。血真是稠到极点了。记得以前，她最怕出血，一出血，总是止不住，医生说她血小板减少，叫她吃花生的红皮。她发现血也老跟她做对。以前，怕出血，可老出，而且一出就止不住。现在，她希望血出多些，好叫她写完自己想写的话，可血偏偏凝了。她用力吮呀吮呀，终于又吸出了一些。她就这样吮吮写写，终于将想写的话写了。因为不常写字，字很难看，但还是能看出内容的：

“莹儿爱灵官。”

她想，不管是千年后还是百年后，只要有人发现她的尸体，就会明白她叫莹儿，还会明白她爱过一个叫灵官的人。这样，她这具干尸就跟博物馆里的干尸不一样了。说不定，一些好事的作家，还会演化出许多动人的故事。故事里的男主人公叫灵官，女主人公就叫莹儿。她仿佛看到了百年后的人正在看那电视剧，都被感动得热泪盈眶。连她自己，也真的热泪盈眶了。她的嗓子虽干得冒烟，眼泪却怪怪地淌了很多。

她无言地哭一阵，抹去泪。不管咋说，她还是很满意自己的做法。

她是个很容易感动自己的人，总在虚构的故事里流着实在的泪。但那渴，却奇怪地躲远了。她想，也许，这就是艺术的作用吧。

忽然，一个念头却一下将她打蒙了：要是野兽撕了她的衣服和身子，那字不就也没了吗？

9

莹儿又陷入绝望之中，她想原来那永恒，并不是你想要就能有的。她老在村旁的河湾里看到叫野兽们撕得七零八落的衣服碎片，还有叫它们啃剩的骨头。她想，自己要是死在这儿，也定然会成那样子。除了豺狗子，还有狼，还有老鼠，还有好些长着尖牙的动物，它们都会撕碎自己向往的永恒。真是的，这世界总有好多尖牙利齿的。没办法，人既然是来受苦的，当然得有好多制造苦的母体。

一想那么美的爱情故事会随着肉体的消失埋入黄沙，她真的痛苦了。她想，这是比死更糟糕的事。

忽然，那“埋入黄沙”几个字怪怪地引出了一缕游丝。莹儿捉呀捉呀，终于捉住了它。她想，就是，把自己“埋入黄沙”，叫野兽找不到自己。

她一下子兴奋了。

真是个好办法。她想。好些出土文物不是也被埋入黄沙或黄土才保存了千年吗？真的。四面望望，她瞅中了一个高大的沙坡。她想，反正是个死了，与其渴死，还不如活埋了自己。活埋时，那痛苦会很短。要是被渴死，得受多少罪呀？

她想，先不急着埋。等实在没希望了，快要死时，再埋。又想，真到快要死时，怕是连挖坑的力气也没了。她想，趁着有力气，我先挖好坑。到了那弥留之际，用足了劲一蹬，沙就会下坠，埋了自己。

她爬起身，走向那沙坡。沙坡很高，莹儿瞅个陡些的地方，用手一下下刨沙。兰兰正闭了眼，不知在想些啥，她只是望了望莹儿，却啥也没问，也许她以为莹儿想挖个睡觉的洼处哩。

莹儿挖呀挖呀，她小心地挖。在沙坡上挖坑虽不很累，但有一定的难度：她得既要挖出坑，又要叫坑周围有环伺的悬沙。而且，更得悬到一定程度：弥留之际的她一脚就能蹬塌下来。这当然有相当的难度，但莹儿还是成功了。她挖呀挖呀，但她渐渐失望了。她发现，沙坑里竟有潮意，就算她将自己埋在里面，要不了多久，潮湿也会毁坏那件有字的衣服。

她一下泄气了。

她很难受。她想，我真是背运透了，想找个干燥些的埋尸身处，也不能如愿。

不知何时，兰兰已到了身后。

忽然，她大叫起来，芦芽！

10

兰兰说，你知道，芦芽是啥吗？当然，芦芽就是芦芽。可你是不是知道，当年赶龙脉的道人，赶呀赶呀，待他们赶到龙脉时，首先就会发现芦芽？芦芽是龙脉的胡须。兰兰却懒得管这些。她眼里的芦芽是啥，是吃食，是水，是生命。兰兰弯下腰，拽下一截芦芽，用胳膊夹了，蹭去沙，扯成两段，将长的那段给了莹儿，说，你嚼，水分大得很，那渣子也不要吐，多嚼一阵，咽下去。莹儿咬了一口，一股清凉在嘴里化开了。这感觉，美极了。莹儿没吃过芦芽，一看那样子，原以为是木头渣子，谁料它会有那么多汁儿。印象里，这几乎是她尝过的最美的食物了。

兰兰几口将芦芽塞进嘴里，她跳下沙坑，顺着那芦芽根系，慢慢地刨，边刨，边将芦芽根扔出。她说，你省着些吃，得防着养命呢。那芦芽白白的，胖胖的，水水的，很诱人。莹儿恨不得几口吞了。嗓子眼里也伸出了几只手，都朝芦芽伸了去。莹儿从衣袋里掏出个塑料袋，抽去卫生纸，将芦芽装了。她怕沙漠里的干风很快会将芦芽上的水分榨干。莹儿想，也好，总算又有了一线生路，人说天无绝人之路，真是的。每到山穷水尽时，总会有转机的。

兰兰扔出的芦芽渐渐多了。芦芽和甘草一样，总是一攒一攒的。只要发现一根，顺了那根系，就能扯出好多来。

兰兰的喘息从沙坑里传出。那些沙，全靠她一捧一捧地往外扔。塑料袋里的芦芽渐渐多了。莹儿说，你歇歇，我再刨一阵。兰兰抹抹头上的汗，笑道，成哩，不累。你咋想到这法子的？莹儿咋能将她想名垂千古的想法说出呢？她笑了笑，不语。兰兰也不在乎她回答与否。看得出，她很高兴。这真是意外之喜了。莹儿想，要是有把沙锨，那该多好。但她马上又嘲笑自己：人真是贪心不足，有了芦芽，想要锨。有了锨，又想帐篷；有了帐篷，又想小卧车哩。烦恼就是这样来的。成了，在绝境之中，能有芦芽充饥解渴，已是上天最大的恩赐了。

塑料袋里已装满了芦芽。莹儿想找个别的东西，兰兰扔出了头巾。为防日晒，两人都顶着头巾。记得，还有纱巾的，装在那驼架上的包里。……不想了。丢了的东西，就不是自己的。

莹儿正想换换兰兰，忽见那沙壁上溜开了沙。她觉得不好，忙叫，兰兰，快出来，沙要塌了。兰兰起身，正要往外跳，沙已塌下了。兰兰自胸以下，全被埋了。那沙，却仍在下泻着。

莹儿吓坏了。她一把拽了兰兰的胳膊，拼命外扯。哪知，她越扯，沙泻得越快，竟涌到兰兰的肩部了。兰兰大张了口，拼命呼吸着。莹儿不敢再拽，兰兰也不敢再挣，沙流了一阵，慢慢停了。

莹儿手足无措了。看这阵势，真是危险万分，要是沙再下泻，立马就会埋了头部。头一埋，脚就踏进阎王殿了，那沙会顺了你的耳孔鼻孔嘴进入它能去的任何地方，就算你能及时挖出人来，那进入你体内的沙子仍是命里最大的麻烦。

莹儿叫兰兰别动，她怕她的挣扎会招来更多的沙流，反正人家黄龙有的是沙子。你只要招惹人家，人家就立马亲热地围了来。沙湾人都信黄龙，黄龙管沙，青龙管水。水淹死的多进了龙宫，沙埋了的就成了黄龙的眷属。早年，村里有黄龙庙，每到初一十五，村里人就去祭祀。要是一次不祭祀，黄龙就会发脾气。但时代不同了，一切都走下坡路了。最早的时候，祭黄龙得童男女。后来，变成牛羊了。再后来，庙叫红卫兵砸了。据老人说，自那后，沙就一步步移向村子，埋了好些地。莹儿本是不信神的，此刻，别说神，叫她信狗也会信。她就求黄龙，求她别带走兰兰。兰兰也求金刚亥母。兰兰只在心里求，她表面上很镇静。虽然沙的挤压已使她呼吸困难，但她还是极力保持平静。她明白，这会儿，所有的慌张都帮不了自己。

兰兰想，那沙，说不定啥时又会下泻，趁着这机会，把该安顿的，给莹儿安顿一下。要是自己真死了，也别带着遗憾。

莹儿想了个法儿，她边求黄龙，边在兰兰北边的沙上挖坑。因为兰兰在沙丘的北侧，只要在北边挖个坑，兰兰也许能慢慢挪出身来。莹儿说，你别动，我试着挖。

兰兰惨然一笑，也不去阻止莹儿。她明白，不管有没有效，那都是眼下唯一能施行的法儿了。

兰兰说，莹儿，有些话，我想对你说说。

11

莹儿，这辈子，最叫我难受的人是你。我明白，我的离婚给你带来了很大的麻烦。我明白它给你带来的伤害。我也是个女人。这世上，最能贴近女人心的，还是女人。莹儿，我那样闹，没别的，我只是受不了你哥哥的打。这是真的。我不求爱情，不求富贵，更不求理想，我仅仅想像个动物那样活一场。真的，动物一样。我很羡慕猪，虽说它终究得挨一刀，可哪个人不挨刀呢？不说结扎呀动手术呀之类，单是老天给你的最后一刀，谁能躲过呢？所以，我很羡慕猪。你知道，当一个人羡慕猪时，说明她过的是一种啥样的日子？我还羡慕牛，虽然牛很苦，可我的苦哪点比牛弱？牛再苦，总有个农闲的时候吧？可我，你瞧，谁一见，都说不像个二十来岁的女人。这些，没啥，我能忍。生个农民，天生就是受苦的。我认命了。

可我真受不了那些打，受不了。疯耳光、蛮拳头、窝心肘锤、踹心脚都是轻的。我最怕的，是那牛鞭。你知道，老牛挨那么一下，都得塌腰哩。人家一抡，就是半个时辰。半个时辰是多少？是一个小时，是六十分钟，是三千六百秒。那一场下来，身子就叫鞭子织成血席子了。然后呢，他又抓了碾面的盐，往伤口上撒，他说是怕感染——感染了，家里又得出钱。那疼呀，比挨鞭子还胜百倍哩。记得，我梦里都躲不过鞭子，老是从梦里吓醒。

我真是叫打怕了。

你可别笑我。没办法，谁叫我是个软弱的女人呢？只要你理解就好。说了这些，心里好受多了。

要是我真叫沙埋了，你也别哭。眼泪也是水，省些水，你就能活久些。你不认识路，别乱跑，你要一直朝东——你也别管盐池了，先保命吧——这沙窝，东西窄，南北长，要是走错了路，你是走不出沙漠的。你就一直朝东走。你千万不要在毒日头下走，那样要不了多久，你就叫蒸成干尸了。你最好在黑里走路，你只要瞅清那北斗七星，叫它悬在你的左上方，就只管前走。手电你省着用。枪也别扔了，火药别弄进去水，万一叫雨淋了，你晒干就成。有时，也会有命到了尽头的兔子碰到你的枪口上。要是碰上黄羊，你别打了。钢珠子在骆驼上挂的那袋里，这号碎铁砂打黄羊只会浪费火药。要是你靠近些，也能打伤它，就算它伤得很重，你也撵不上它。你千万别费你的力气。你要节省体力。那伤了的黄羊，就算它跑上半个时辰，你要是撵，也会累死你的。你就只打兔子吧。要是你运气好的话，差不多一枪一个。记住，别离得太远，最好的距离，是十来米以内。

你别捧了。瞧，捧的，还没它流下的多。

打了兔子后，你要先喝它的血。你别嫌它恶心。你得先活命，有命才有一切。你忍了那血腥味，虽然它很浓，但它是最好的营养和水分。你只要弄上几个兔子，不要迷路，就能走出沙漠，到蒙古人的地盘。你找个人家，要些吃食和水——别一次吃太多——他们会帮你的。

你要记住的是，你只能在夜里走路。早上也成。千万别在焦光晌午赶路。日头爷高时，你就找个阴洼，挖个坑，你别挖太深，你只挖到有潮气的地方就成了。碰上芦芽了，你少挖一些，别像我这样太贪。你小心，那坑不要挖得太陡，别叫塌下的沙活埋了。见到潮气后，你就伏下身子，深深地吸那潮气。你一口一口很深地吸气，你心里想着把那潮气和地下的精气都吸到你心里。无论你多渴，这样吸一个小时，你就舒服了。你觉得舒服了时，也别出来，你就一直趴在坑里，整天那样趴着。这样，日头爷晒不着你，你又能吸到潮气，就能熬过毒日头的炽烤。等到夜黑了，露水下来时，你再走路。碰上沙米了，你顺路采些。你不要怕它扎手，为了活命，你当然得挨些疼。你别小看那些雀儿眼大的沙米。在你的头伸进湿坑后，你就像吃瓜子那样边剥边吃。它虽然小，但再小的食物也是食物。

你记住，无论如何，你都不要害怕。害怕是啥？害怕是杀你的刀子。你一害怕，它就会越来越厉害。那害怕，开始只有一点点，慢慢的，只要你心里有了害怕的种子，它就会生根发芽开花结果。最后，害怕就变成满天的大雾，会罩住你；会变成满天的大水，会淹了你。你就会听天由命了，你就懒得走路，懒得挣扎，你就会想，算了，可能我就这么个命吧？这样，你就死定了。因为你的心先死了。你的心一死，你也就死了。

你记住，无论活命还是干啥，你只要朝一个方向，走呀，走呀，不停地走，你肯定能走到那个你想到的地方。你只要认准方向，碰到兔子了，能打了，打一个。可千万别撵它，因为它会将你引到另一条路上，会消耗你的体力。你更不要想黄羊们。你要明白，没有火药和钢珠，你那“想”的心，只能算贪婪。你更不要叫美丽的海市蜃楼迷了心智。你永远记住，沙漠跟生活一样，是严酷的，别指望会出现奇迹。你所做的，就是朝那个你选定的方向，走，走，不停地走。你坚信，你肯定能走到那儿。肯定。

这时，你最大的敌人就不是沙漠，而变成了你自己。你成了你最大的敌人。你会劝你，算了，认命吧！你会说，你走不出去了。你会将那可能已到咫尺的目标错移到遥不可及的天边。你会生出一些跟你的走不一样的想法。你可能会叫那想法搅乱了心智。你别望我，我这话，是我的上师告诉我的。知道不？就是传我金刚亥母法的那个活佛。对，就是那个江贡活佛。

我想，这世上，没比这更殊胜的教诲了。

对了。我也该跟自己较量一下。你别急着捧我胸前的沙。你先把我的手取出来。瞧我，我只叫你别丧失信心。我自己，却差点认命了。我也试试吧。虽然我的试可能会招来更多的沙，可我想，就当我已叫沙埋了。最坏的结局，不就是叫它埋得更深些吗？

对，就这样，先试着弄出我的胳膊。

12

莹儿的手已叫沙磨出了血，但她仍在捧沙。她想，就是磨秃手掌，也要救出兰兰。要是那流沙埋了兰兰，她也就活埋了自己陪兰兰。她不愿将兰兰一个人丢在沙漠里。

莹儿的努力很有效，她已在兰兰身子北面刨开了一个深槽。虽仍时时有沙流入，但兰兰的胸部已出来了。这就好。等再挖一阵，只要将挤压兰兰上半身的沙刨掉，两人一齐用力，就会抽出兰兰的腿。

兰兰从沙中抽出胳膊。她像泼水那样将身前的沙子往外泼。她动手的幅度很小，因为身后的沙子仍缓慢地下泻。好在那些潮湿的沙子能相对地稳了身形，才挡住了壁立的沙。也幸好是阴洼，这沙瓷实，要是像阳洼那么浮酥，兰兰早没命了。

莹儿头晕目眩了。因为使力，她出了好多汗。这一来，身体更缺水了，视力也模糊了，嗓子里像卧着刺猬。但她很高兴，毕竟，她看到了救出兰兰的希望。虽说这所谓的救出，仍离活着走出沙漠有很远的距离，但她们也算闯过了一个命运的铁门槛。一生里，谁都会遇上铁门槛的，你闯过一次，就成熟一次。就像唐僧取经那样，你只有经过九九八十一难，才可能得到正果。

莹儿的指尖先出血了，进沙窝前，才剪了指甲，那沙就直接在指肚儿上磨。开始刨时，她是不顾命的，哪怕将十个指头全磨没了，也没啥。她就刨呀刨呀，没刨多久，指头就出血了。兰兰就叫她改成了捧，慢是慢了些，那槽子却越来越深了。

莹儿觉得她不是在救兰兰，而是在救自己。她自己不是也陷入了跟沙坑差不多的绝境吗？不也正在进行自救吗？许多时候，救别人也就是救自己。

日头爷开始偏西，在这个地方，她们陷了一个多时辰了。饥渴蛛网般罩住了她们。莹儿觉得自己快要晕死了。跟豺狗子一夜的对峙几乎耗光了她们的所有精力，体力早就透支了。莹儿只想睡过去。她的手虽在刨沙，意识却快要休眠了。她多想睡一觉呀。她不知道，好些渴死的人就是这样睡过去的。趁着她熟睡的当儿，日头爷会榨光她身上所有的水分。那些渴死鬼就是在晕晕乎乎后的休眠状态里踏上黄泉路的。

兰兰说成了成了。莹儿停住了机械地捧沙的手。兰兰叫她后移一下身子。看得出，桎梏兰兰胸腹的沙少了，要不是怕阴洼里还可能下泻沙流，兰兰自个儿就能挣出来。兰兰叫莹儿后退一下，她扯了莹儿的手。她必须一下子跃出沙坑，因为她那样一挣，肯定会惹动沙墙一样的坑壁。她必须在蓄势待发的沙子们轰然塌落前跃出沙坑。不然，那崩泻的沙流会再次埋了她，前功尽弃不说，要是流得更多一些，沙一拥住头顶，一切就结束了。

两人求一阵各自想求的神，兰兰求金刚亥母，莹儿求黄龙。然后，兰兰叫莹儿踩稳了，她喊：一二三。两人一起用力。这一扯，沙果然下泻了，势头很猛，好在兰兰在那一跃之下将双腿拔出了沙坑。两人都使出了吃奶的力，二力一合，就一齐滚到沙洼里了。沙流轰然下泻着，一眨眼，就淹没了兰兰方才立足的地方。

目瞪口呆了好一阵，两人才抱了对方，放声大哭。

她们肆无忌惮地哭着。沙洼回应着，那哭声回过来荡过去，把天地都填满了。

13

姑嫂俩吃了塑料袋里的一半芦芽根。这是用生命和汗水换来的，是她们吃过的最好食物。等啥时候，你先在沙窝里晒上一天，到口焦舌燥时，再试着嚼那芦芽。我相信，你尝到的，定然是天堂的感觉。你只管轻轻一咬，芦芽特有的甘甜和清香就会沁入你的灵魂。那点儿汁水，带给你的，定然是叫你灵魂哆嗦的颤抖。要是你是佛门弟子，你就会觉得那是来自佛国的甘露，你只需在舌尖上滴上一滴，人生所有的苦都叫它消解了。

本来，所有意识都叫兰兰的安危牵了，饥饿呀，干渴呀，都进不了莹儿的心。这会儿，芦芽一入胃，感觉们都醒了。胃疯狂地蠕动起来。有只手在揉捏胃囊，质感很强。她又怨那逃驼了。又想，也难怪，经了那场豺狗子的围攻，任是谁，也会叫吓破胆的。她不是也这样吗？当时，还顾不上害怕，此刻，那害怕才渐渐醒来，跟饥饿缠在一起。她似乎不相信自己曾经历过那样一场惊心动魄的厮杀。一切都像在做梦。……近来，她老像在做梦。此刻，饥渴虽像砂轮机那样打磨她的每一根神经，虚幻感却浆住了自己的意识。

日头爷仍在喷火。没有风。兰兰说，走，先在阴洼里挖个坑，待到天黑再说。莹儿对挖坑心有余悸，但明白再待在毒日光下，会中暑的。体内的那点儿水分是禁不起日头爷舔的，就跟兰兰选个洼处。这次，她们有了经验，挖坑时，尽量挖大些，不使太深。待那潮湿的沙出现时，两人爬进了沙坑。虽然睡在湿沙上可能招病，但谁也不想这事。莹儿觉得那奇异的困和梦幻感浓浓地裹向自己，就身不由己地睡着了。

醒来时，日头爷已悬在西沙山上了。西天上有很红的云。明天仍会很热。莹儿当然希望下场雨，除了饥渴外，身上也是又黏又脏。要是脱光衣服叫暴雨冲一下，肯定比吃芦芽根更美。

兰兰仍在睡着。枪和火药袋放在沙坑外，一见它们，莹儿就有了安全感。她懒得考虑更多的事，虽知道处境仍很危险，但她懒得想。她明白，这时候，所有的想意思不大。没食物，她想不来食物；没水，她想不来水。不如不想它，省得想出许多烦恼，反倒将信心想没了。她想，只能走一步看一步了，能活着出去，当然好；出不去了，也没办法。她们就这么一点儿气力，跟老天爷或是命运较量，她们都不够个儿。但她还是能做自己该做的，那就是不要丧失自己的尊严。

黄昏时分，沙窝里凉了。两人吃了剩下的芦芽根。手头虽有拣到的几个馍馍，但她们连碰一下的欲望也没有。要是没水的帮助，她们是无法将那被漠风吹干的馍咽下肚的。

兰兰决定走夜路，她想朝东走。虽说盐池在北面。但这会儿，先到有人处再说。先保了命，再想个法儿到盐池。听说那儿活多。因为折了自家的骆驼，兰兰觉得无脸见爹娘。她想，哪怕是空身子到了盐池，也要生法子挣钱，至少能挣够两个骆驼钱再进家门。这一说，两人都一脸的沮丧。进沙窝时，还指望能闯条路呢。谁料，人算不如天算，钱没挣上个毛，倒折了两峰骆驼。莹儿很是苦恼，按时下的价格，低些算，也足有五六千元的损失，是哥哥的多半个媳妇钱了。兰兰叹息一阵，见莹儿一脸灰色，就劝道，别想了，死的已死了，那逃了的，说不定会回家的。就算折，也仅仅折了一峰驼。莹儿明白，兰兰说的虽有道理，但也仅仅是可能而已。那逃了的驼，虽是老驼识途，有可能回家，但也有可能再遇上豺狗子，或是狼，或是牧人。无论遇上谁，都会将那拴了缰绳的驼逮了，据为己有。

兰兰说不想了，好些东西，想是没用的，还是赶路要紧。我们白天趴湿沙坑，夜里赶路，要是再遇到豺狗子，就当命尽了。要是活着到了盐池，总有法子的。莹儿说也好。

莹儿觉得很乏，她很想睡一觉，或是缓几天再走，但也只是想想而已。要是骆驼们在，吃食和水也在，啥话都好说。现在，你不走，就只能困死在沙窝里。

日头爷没入西山后，两人动了身。兰兰背了枪，莹儿备了手电。入肚的那点儿芦芽根早化了，肚里像有了好多小鸟，一起发出咕咕的声音。这显然是芦芽惹出的麻烦。饥渴之网，仍在浓重地裹挟着她们。尤其是渴，汹涌成大浪了。兰兰的嘴唇紫里带蓝，肿得老高，上面有层厚厚的痂，这是她老用舌头舔嘴唇的缘故。记得灵官说过，进了沙窝不能舔嘴唇，多渴也不能舔，因为自家的唾沫里有毒，舔几次，嘴唇就肿了。莹儿就很注意自己的形象，她也叫兰兰别舔。可兰兰不听，瞧那嘴唇，足足肿了半寸高。此外，她变化最大的，还有两颊，那儿分明塌陷了，眼睛相应地大了好多，只是大而无神，瓷化了似的。莹儿从兰兰脸上看到了自己，明白自家的尊容也好不了多少。嘴唇虽没肿，但定然也黑了，上面定然也有了层褐皮。她摸摸自家的脸，觉得也干瘪了好多。这当然是缺水太多的缘故。

水呀，一想这个字，心里都清凉了，但随后，又会拽来一股汹涌的渴。

莹儿揉揉腰，吃力地望去。星星还没出来，西山上还有洇渗而去的红。山黑黝黝的，变成了很美的剪影。开始有了风，虽仍是暖风，但清沥了些。要是水足饭饱，来这儿游玩，当然美极了。但面对挣命的莹儿们，一切都虚设了。莹儿木然地望一眼西山，费劲地动动喉节。她想，要是那冤家见到这景致，不定会咋样发诗兴呢。怪的是，此刻想到他，心也木木的，没以前那样的感觉了。

两人的挪动脚步很慢。那腿脚，也没以前活泛了。莹儿竟听到两腿在移动时发出了干燥的声响。她相信那真的是关节在响，也真的觉出了摩擦的疼感。但记得妈老说："不怕慢，就怕站。"就想，走一步，总会近一步。她想兰兰也定然这样想。兰兰的身子晃得很厉害，那身子，也不听她的话了。那不太高的沙坡，她们竟上了好长时间。望着不远处更高的沙岭，莹儿真有些怕了。

上了沙坡，兰兰一屁股坐在沙上。莹儿也一仰身躺了。天暗了，风也凉了，空气中有了一点潮意。这正是走夜路的好时光，但莹儿明白，她们的心虽强，但身子不听话了。多强的身子，就算它像汽车，也得靠汽油的滋养呀。莹儿明白，那白昼伏湿沙晚上赶夜路的想法在理论上虽然可行，但它需要强壮的身子、充足的食物和水。那点儿芦芽仅能为她们的身体提供一点儿养分，仅仅能保证在短期内不至于死亡而已。要翻越那高大的沙山，穿越那浩瀚的沙漠，显然是不可能的事。

莹儿萎在兰兰身旁。沙丘上的风凉了许多。兰兰说，得走啊。莹儿说得走。兰兰说，不能困死在这儿。莹儿说就是。兰兰说，走啊。莹儿说走。两人都说走，却谁也没动。莹儿长叹一声，将头枕在兰兰的肚子上。

莹儿真想睡去，身子似抽光了骨髓和精血。兰兰说，爬也得爬，朝东的大沙只有八十里宽，想来已走过大半了，穿过去就有牧人。莹儿说爬也得爬。两人又起了身。她们互相搀扶了，沿了沙脊东行。

开始因为很渴，莹儿没觉出腿疼。行了一阵，脚掌和小腿肚又刀割般疼了。除了偶尔打沙米，她很少进沙漠，没走沙窝的功夫。兰兰也一样。好在兰兰是婆家的重劳力，因常干活，体力比莹儿好一些。但由于肩上背了枪，体力消耗也很大。枪虽只有十斤左右，但路一远，就成了吞体力的老虎。别说枪，莹儿拿的手电筒，也似乎重逾百斤了。

夜很黑，黑了也没啥。北斗星很亮，有了它，就不会遭遇鬼打墙。那星跟枪一样，是能叫她们心安的东西。只是渴越来越浓，别说思维，连目光也叫渴糨了。眼珠的转动明显有了涩意，它们发出沙沙的声音。脚步移动时的关节声响也越来越清晰，在暗夜里发出咔嚓咔嚓的声音。这是从没有过的事。

腿虽疼，但往东走一步，就离希望趋近一步。

14

午夜后不久，莹儿就实在走不动了。每到上坡时，她须借兰兰的帮凑之力才能爬上去，她早已恍恍惚惚了。兰兰也将原来扛在肩上的枪当成了拐棍，她枪托拄沙，倒也能借些力。她想把枪让给莹儿，莹儿却连捞枪的力量也没了。后来，两人便相依了前行，兰兰借枪托的力，莹儿借兰兰的力，才又支撑了一段沙路。等翻上一个缓坡后，两人都瘫倒了，干渴和饥饿已摧垮了她们的所有意志。

莹儿喘息道，死就死吧，我也算尽力了。她的嗓子已发不出声音，兰兰还是明白了她的话。兰兰没说啥，她也明白，死已逼近了自己。那势头，跟载了死人出庄门的棺材一样，不可阻挡了。就算没有次日的烈日，这逼近的干渴也会要了自己的命。她们已好长时间没喝水了，维系生命的，只有那点芦芽根的水分。记得，刚挖出芦芽时，她是多么高兴呀。她眼里的芦芽，真是救命星呀。原以为，她们能凭借它走出困境。没想到，费了大力冒着生命危险挖来的芦芽，相较于汹涌卷来的饥渴，仅仅是杯水车薪。她实在不敢想象，当明天的毒太阳悬到头顶后，等待她们的，会是什么样的命运？

莹儿觉得就要死了。命已成了风中的烛苗儿，忽悠忽悠的，老像要熄灭。心脏的扑通声有气无力，老像要停下来。那风中蚕丝般的呼吸一断，沙窝里就多了个孤鬼。听说，死在外面的人是破头野鬼，阎王是不收的，它只能守在暴露的枯骨旁号哭，直到骨实入土，灵魂才能安详。

村里对死的传说很多，一下都涌上心头了。她想，要是自己死了，会转个啥呢？反正，她不想再转人了，她觉得做人很累。她想转个小鸟，最好是百灵鸟，整天在林间唱歌。要么，转个狐子也成。莹儿跟兰兰一样，也喜欢那溢几分仙气的灵丝丝的动物。……那可真是个灵物呀，风一样来，风一样去，其存在的证据，仅仅是点点梅花般的足迹。它们会在沙窝里嬉戏，会唱，会闹，会拜月，会风一样来去。轻捷的步子溅起如烟的沙尘，沙丘上印满了梅花。人间最好的画家也画不出那样的梅花。那份潇洒，是天成地造了的呀。

渴又提醒她生命的将逝，她觉得自己见不到日出了。死倒没啥，以前想到死，觉得那是天大的事，现在倒没那感觉了。死成了瞌睡一样的东西了。只要把该做的事做好，真“睡”过去，也没啥大不了。

脑子恍惚得很厉害，呼吸越来越细，心跳也更加有气无力了。又想，死就死吧，鹿活千岁，终有一死。只是她不想当渴死鬼。她只想质本洁来还洁去，只想有个干净的身心。虽然日头爷在嘴上罩了层黑痂，她的心却很白。真的。她想，老天，还是叫我投生为狐子吧。

她费劲地转动眼珠，看看夜空。眼珠跟多年没上过油的车轴一样干涩。星星都在哗哗地叫，似在吵架。它们也发出腿关节摩擦时的声响，有点像在悬空的铁锅里炒大豆。没想到星星也会喧哗。真是怪事。

夜里行久了，黑显得淡了，沙丘也恍然显出了形状，模糊出神秘来。莹儿觉得，那神秘，也跟自己的血一样稠了。死亡前的乏困再次裹向她。血液的黏度已成了绞索，失却了养分的心脏不堪重负，它再也推不动拌面汤一样浓稠的血浆了。肯定是这样。她想只要她困过去，醒来时，就会成一缕轻烟了。她的灵魂，就会风一样在大漠上空飘忽。

记得，妈老讲黑白无常的故事。莹儿有些害怕。真怪，她不怕死了，反倒怕鬼。虽说她知道自己一死，也就成鬼了，但她仍然怕鬼。她不敢转过身去看身后。她怕自己冷不丁地看到无常鬼。她看过戏台上的无常鬼，惨白的脸，瘦高的身子，戴个尖尖帽。要是她看到那模样，不用渴来取她的命，只那惊吓，立马就能勾去她的魂灵子。

因为害怕，已裹住莹儿的困意反倒淡了。她竟真的听到身后传来了脚步声。……真是脚步声。这荒无人烟的地方，发出那声响的，不是鬼，又会是啥？心一下狂跳了。心真怪，它方才还将停未停呢，这会儿，倒变成捣地鬼了。……那身后的脚步，莫非也是捣地鬼弄的？村里的旧磨坊里就有个捣地鬼，一入夜，那鬼就腾腾腾地捣地，从半夜一直捣到鸡叫。莹儿甚至忘了渴。她的头皮倏然麻了。……捣地声渐渐到了身后。她甚至听到了呼吸声。那呼吸又粗又重，仿佛是鬼扛着巨大的铁索和勾子。莹儿差点叫了，但又怕叫声反倒会吓死自己。

呼哧声到了身后。莹儿觉得那无常鬼伸出了爪子。它肯定会捏脖子的。很小的时候，妈就告诉她鬼会捏人。……妈老说："头疼了，脑热了，肚子疼了屎憋了，心口子疼了鬼捏了。"……几缕热气真的吹进了脖颈里。她的心一横，想，怕啥呢？不就是个死吗？她想，就是死，我也得看看鬼究竟是个啥样儿。她悄悄摸了手电，猛地转过身。

一个巨大的黑影，正奇形怪状地立在前方。

她猛地打亮手电，大叫起来。

15

在那个可怕的大漠之夜里，莹儿发现，那光柱照亮的怪物，竟然是骆驼。

莹儿一把推醒兰兰，她叫，骆驼——，骆驼。兰兰一骨碌爬了起来。骆驼仍在呼哧。这真是天大的喜事。都以为骆驼跑了，没想到，它自个儿又回来了。兰兰趺撞到骆驼跟前，解开绳子，取下塑料拉子。还好，还有多半拉子水。莹儿叫，水——，水。此刻，没比这词儿更清凉的了。兰兰拧开塑料盖儿，递给莹儿说，你别多喝，少喝一点。多了，胃会炸的。莹儿美美地喝了一口，她一下一下很少地咽着。她以为，顺入咽喉的，应是清凉。没想到，那感觉跟火炭一样。她想，食道也许裂口了。等费力地咽了两口后，她反倒更渴了。

兰兰夺下水拉子，不叫她再喝。村里就有渴极后饮水过猛致死的人。胃想来已拳头大小了。

兰兰抿进一小口水后，要过手电，照那驼身。她发现好些东西没了，面袋被挂烂了，面都撒没了。羊皮水囊也开了个口子，水当然也没了。幸好塑料拉子还完好，才为她们留了点救命的液体。包馍馍的纱巾还在，兜着两个干馍馍。记得那时有十几个馍呢，想来多颠进沙窝了。

好在被子还捆在驮架上，帆布包儿也完好，里面的钢珠还在，还有一包火药，一盘细绳。莹儿当然希望羊皮水囊没坏，她就能好好喝一顿。但明白这号妄想只会增加烦恼，也就不想了。

驼的缰绳被踏断了，只剩三尺长的一截了。兰兰取出细绳，折成几股子，接在缰绳上。两人都惊喜驼的失而复得。莹儿知道，驼的嗅觉极好，迎风能辨出十里外的某种气味，只要它愿意，它当然能追上自己的。看那样子，至少在吃食上它没吃亏，没怎么塌膘。

驼逃走后的思想变化成了一个谜：关于它逃的理由，谁也能说个子午卯酉，不外乎怕豺狗子、怕炎热等；关于它为啥回来，也能说个大致差不离，不过是不忍心扔下两个女子，等等。只是，谁也不知道它有过怎样的灵魂搏斗，其惨烈程度，也许不弱于跟豺狗子的厮杀吧？

握住了骆驼缰绳，两人才安心了。莹儿有些过意不去：人家好容易逃出了人的手掌，经过了思想斗争，又回到人的身边，人首先给它的礼物，竟然是缰绳。这意味着，人还是不信任它。莹儿想，它定然很伤心吧？用手电照照驼眼，见从那眸子里透出的，仍是善良和温顺；既不为它曾经的逃走惭愧，也不为它的倏然而至欣然，仍是它一贯的那种淡然。

就着水，嚼了几嘴馍，胃反倒更饿了。饿归饿，谁也不敢多吃了。谁也不想变成胀死鬼。饿死鬼不好当，胀死鬼也不好受的。

驼的到来有了主心骨，身子里的乏趁机袭来，兰兰叫骆驼卧了。她们靠着驼身，眯了一阵。虽然眯的时间不长，但这是她们最安稳的一次睡眠。

醒来时，天已大亮。两人又嚼了几嘴馍，身子有了些力气。兰兰说，既然有了骆驼，她们就不向东走了，仍往北走吧。因为盐池在北面，只要方向对头，不会走不到的。到了东面，也还得往北走，耽搁的时间就长了。……她当然想不到，这主意，会将她们抛入了漫无边际的大漠。死亡之剑，又开始悬上头顶。

东边已有日边儿，微微泛点儿红。沙洼的阴暗和东天的白亮形成了鲜明的对比，很像层次感很强的木刻画。沙浪一涌一涌，跌宕而去，至远处，就涌成了沙山。近处的纹路很像水波，细腻得叫人不忍去践踏。

漠风很清冷，莹儿打个哆嗦。她有那蓝褂子，挡了好些风。兰兰却一脸青色。她的脸上尽是鸡皮疙瘩。因为劳累，她们没解驮架上的被子，入睡不久，就叫大漠清晨独有的寒凉冻醒了。也好，趁着凉快，早些赶路吧。莹儿想，这沙窝里真是邪乎，早上是冷冻柜，中午却成了晒驴湾。

两人又嵌入了驼峰。驼背厚实而温暖，她们有了落水后又爬上小舟的感觉。骆驼真好，有了它，心就有了依怙。

驼背蠕蠕拱动着，缓慢而自信。沙岭摇晃着。那挤出地缝的日头也摇晃着，显得很沉重，仿佛也驮着好多东西。日光涂在莹儿脸上，抹上些许温暖。她觉得又活过来了。不管几个时辰后的日头会如何发威，只要有了骆驼，心就落到实处了。没治，谁叫她是女人呢？连夜的走路使她的脚掌和腿有种刀割般的疼。她浑身上下，无处不疼。没有骆驼的话，她是一步也不想走了。那瘦弱的身子里蕴藏的力量，是不可能把她承载到沙海彼岸的。骆驼却能。这是个庞大而沉着的动物，它总像哲人那样沉思着。哪怕它不说一句话，它身上溢出的力也能注入莹儿的灵魂深处。

兰兰辨认着路。她虽熟悉去盐池的路，但豺狗子搅碎了她的“熟”。面对渐涌渐高的沙浪，她觉得又被命运抛入了陌生。她老有这感觉，时不时地，她就会身不由己地面对巨大的陌生。从当姑娘到今天，她一次次面对那陌生，处理那陌生，忍受那陌生，眼前却仍是不知尽头的陌生。世界更是日渐陌生着，总叫她无所适从。

莹儿问，你辨清了没？兰兰说，我也恍惚了。这会儿，蝎虎子挨鞭子，死挨吧……先走吧，只要方向对，走着走着，也许会瞅出眉目的。莹儿想，只好这样了。

走了一阵，日头爷渐渐高了。热又开始袭来。拉子里的那些水，得省着用，谁也不知道水源在哪儿。就这点养命水了，两人虽然渴得慌，却舍不得用水。只有在渴影响眼珠的转动时，她们才抿上一小口水。兰兰说，会用水的人，一次不能喝太多，水入体多了，会变成尿的。要让每一口水，都成为生命的养分，这需要克制。

走了一个多时辰，两人下了驼，因为骆驼实在太累了。它喷着白沫子，像拉风匣那样喘气不止。兰兰说，叫骆驼歇歇吧。选个有沙秸的地方，两人卸下驮架。兰兰吃惊地发现，驼背早腐烂了。一股臭味扑面而来。显然，那是驮架磨烂的。驼一跑起来，驮架会上下晃荡，很容易磨坏脊背。那烂处很是可怕。想到两人竟压在人家的伤口上行了这么远的路，莹儿很是过意不去，就用塑料拉子的盖子化些盐水，给驼清洗伤口。

兰兰惊喜地在驮架上的小袋里发现了多半瓶清油。原是做饭用的，怕叫锅们碰碎瓶子，另装了，这才没跟锅碗们一起被扔下去。这清油虽不好喝，却能给身体提供养分。人家毕竟是植物脂肪，产生的热量要比馍馍大。兰兰说，这油先别动，因为馍馍干，吃时非得用水，不然咽不下去。那些水和馍馍先凑合几顿，这油到万不得已时再喝。

一见那清油，莹儿也觉得心里清凉了些。

16

姑嫂二人昼伏夜行，又行了两夜。按行程，早该见着盐池了，不料，却进入了一片戈壁。一见那戈壁，兰兰暗叫坏事了。记得那时，她去盐池，并没见着这戈壁，说明她们走岔了。那点儿馍已吃光了，水也只剩下一点了。清油虽没动，但就这点儿清油，熬不了多久的。驼的伤口虽已结痂，两人却不忍心再骑它。累极了，就一人牵骆驼，一人扯了骆驼尾巴，就能借些力。腿早不像是自己的了。后来，她们就轮换着骑骆驼，一人骑一个时辰。

驼峰已塌了下来，说明骆驼的生命贮备也不多了。途中有草的地方不多，虽然兰兰尽量选有草处昼伏，叫骆驼补充些营养，但驼峰仍然塌了。记得爹说，驼峰虽能贮存营养，但那是供万不得已时消耗的。要尽量叫骆驼水足草饱，尤其是水，最少不得。记得以前去盐池的道上，有几处地方，是专门为骆驼补充水草的。因迷了路，骆驼显然在吃食上吃了亏。兰兰就卸下驮架，从鞍子里抽出垫草，叫骆驼吃。然后，将自家的被子当了垫子。但那点儿草，对于饥饿的骆驼，仍是杯水车薪。

骆驼喜欢吃夜草，但夜里也正是赶路的好时候。白天虽也能吃草，但每到她们昼伏时，沙洼也成了蒸笼，骆驼吃上一阵，就经不了晒，卧入坑里。再说，也不是每次的昼伏，都能伏在有沙秸处。……驼峰不塌也由不了它。

好在那伤口倒长得快。这也是天性吧。因为老驮东西，驼背老被磨烂。久了，就结成了很硬很厚的老茧。盐一洗，伤口很快就结痂了。这样，只要骆驼有体力，就能驮她们。

不找麻岗时，会时不时碰到麻岗。那儿有嫩草，无论人和驼，嚼一点，当然没坏处。可你想麻岗时，它却连个影子也不见。某天中午，莹儿终于发现了一处麻岗，那儿有水有牲口，可兰兰说那不是麻岗，是魔鬼城。果然，不一会儿，那些美好的景致就变成蒸气了。要是去撵它，会跟苍蝇撵屁一样。

兰兰拧眉想呀算呀，终于认定，她们错过了盐池。她说，肯定是的。那盐池，其实是沙漠里的一块绿洲，并不太大，你只要在远方错上一里半里，就可能跟它交臂而过。

咋办？

兰兰说，只好往回走了，等进了沙漠，再往西走。要是运气好的话，不定就能跟盐池碰个响头的。

再进了沙漠，两人将驼拴在柴棵上，上了一座看起来最高的沙山。上沙山虽然费力，但站得高，看得远，说不定你一上去，就会看到那白晃晃的盐池的。两人拖着比灌了铅更重的腿，几步一缓地上了沙山。她们用了至少两个小时，两人都累瘫了。喘了好一阵气，她们才四面搜寻。原以为这沙山最高，一登上，就会一览众山小的。不料，一上来，才发现，一山更比一山高。真没治。她们只能望见一浪浪啸卷而去的沙山。别说走，只瞭一眼，就魂飞魄散了。

莹儿叫，我的妈呀。她一屁股坐在沙上，半天不想说一句话。

兰兰也沉了脸无语。两人欲哭无泪，脑中一片空白。哪怕能看到天边有一片白——那是盐池独有的颜色——她们也会爬向那儿，可是天边仍是沙山。就算她们爬到天边，那儿有没有盐池，仍是说不清的事。

兰兰说，下吧。

莹儿说，我实在不想动了。索性，就死在沙山上算了，变成一堆骨头。

兰兰说，走吧，该走的路走过了，再说。

望着山下黄点似的骆驼，莹儿想，早知这样，上沙山干啥？既费了好多体力，也弄得心灰意冷了。

既然走不动了，莹儿也懒得再沿缓坡往下走，她索性走到陡坡处，一蹲，坐在沙上，滑了下去。不料，那一滑，竟像长了翅膀，耳旁风呼呼着，身心一下子轻快了。到了一个缓洼，她听得兰兰喊，你小心裤子，要是再溜，你屁股上肯定会磨出个大洞。

虽也心疼裤子，但那感觉实在太妙。莹儿想，这会儿，命都不知在哪儿悬着呢，管啥裤子？就跳下沙坡。沙流如水，载了她，感觉爽极了。许久了，还没这么轻松呢。她兴奋地叫着。沉寂的沙洼顿时鲜活了。兰兰也被感染了，她也不管啥裤子不裤子了，也坐在沙上溜下。两人都兴奋地叫着，把几天来的沉闷叫没了。

滑了一阵，莹儿怕屁股着沙处真叫沙磨破了。这是可能的。要是真磨出了洞，就算她们到了盐池，也会羞于见人。她便又翻过身，仰着头，在沙坡上游起泳来。她每一划沙，身子就嗖地下窜一截。沙流进了衣领，弄得身子痒痒地怪舒服。兰兰也开始游泳。沙洼里回响着她们欢乐的叫声。这不期而至的快乐，洗尽了她们的忧虑。

到了沙山下，两人边呸呸地吐溅入口中的沙，边笑成一团。多年了，她们总是活在别人的视线里，从来没这样疯过。不曾想，在这算得上绝境的地方，她们竟一下子拣回了丢失了很久的女儿性。

为庆祝她们的好心情，两人各喝了一口清油。

17

黄昏时分，她们见到了一具驼骨，它立在一个沙旋儿旁。骆驼吃了一惊，倏地一抡脑袋，差点将两人甩下驼背。兰兰很高兴。这是她们在附近看到的跟人最亲近的东西。最扎眼的是头骨，两个黑洞洞的大眼望着来人，它一定茫然许久了。驼骨比较完整，牙齿和肋条也没散架。看得出，骆驼在死前和死后都没遭到野兽的撕扯。看到同类的尸骨，骆驼抡头甩耳了好一阵，时不时就打个响鼻，突突几声。按爹的说法，那是骆驼看到了鬼。鬼最怕唾沫。莫非，死驼的灵魂还守在骨架旁？听说，有种守尸鬼，骨实几时不入土，它也就一直守着。莹儿不信这大天白日，会有个鬼守着骨架，但还是心里发毛了。

兰兰说，瞧，这是驮盐去的。她指着驼骨旁的碎布屑说，这定然是蒙古人驮盐时累死的驼。莹儿看不出驮盐的迹象，但还是很高兴。毕竟，能发现些啥总是好一些。一路上，除了沙漠、戈壁和沙生植物，很少见到跟人有关的东西。这驼骨至少说明，这儿来过人。

但又想，说不定，这骨架，是野骆驼的呢。怕折了兰兰的兴头，莹儿没说出这话。人在绝境里，是需要盼头的。哪怕它是虚幻的，也比绝望好些。

莹儿想，即使这驼真是去盐池的路上死的，也说明盐池离这儿还远，要是近的话，驼会挣扎着到目的地的。要是再推测驼的死因，她越加心灰了。至少，近处可能没水源，也没嫩草，不然，驼咋会死？瞧那样子，若不是渴死的，便是病死的。死前，它肯定听天由命了。它像坐化的老僧一样坦然。它静静地卧在沙洼里，在命运举了刀抡来时，一副引颈受戮的模样。莹儿长长地叹口气。她想到了自己的命运。

兰兰叫驼卧了，两人又骑了驼。骆驼前俯后仰，摇晃好一阵，才起来了。莹儿回头望望驼骨，说，再见吧，谁叫你也是个苦命呢。想到自己也可能会在前方某处，变成一副骨架，就不由得一阵伤感。

再往前走，虽没明显的路，但遇到的骨头多了，或是骨架，或是腿骨啥的斜插在沙里，很扎眼。莹儿想，看这样子，这儿不是驼道，便是牧场，不然咋会有这么多骨头呢？她轻松了些。

兰兰一直想打个野兔，但怪的是，她们没见到啥活物。兰兰甚至希望再见到豺狗子，虽然一想那瘆虫，仍会心惊肉跳。但要是遇到单个的豺狗子，一枪崩了，也无疑是嘴好肉。可没治，你不想见人家时，人家死皮赖脸地死缠；你想见时，它偏偏连根毛也不送过来。

清油真是好东西，喝一口，热量顶顿饭哩。姑嫂俩就把一口清油当一顿饭。那油不经喝，两人所谓的一口，虽只是一小口，但几顿后，油还是剩少半瓶了。没治。兰兰说定然有饿死鬼跟了，偷她们的油喝。

……终于，发现驼道的迹象了：一具骨架旁，竟有个驮架。这证据，当然很充分了。那驮架上的木头快风化了。旁边，还有不定何年何月屙下的骆驼粪。兰兰兴致很高，不管咋说，总算到正路上了。莹儿当然也高兴，但也有些疑虑，为啥这段路上竟有那么多骨架？既说明了这儿走过好多驮户，也说明经过长途跋涉的驼们，一到这儿，就接近生命极限了。莹儿明白，她们面临的，是跟这沿途的白骨一样可怕的命运。这条路是否真的通向盐池？究竟还有多远？她们的体力能否熬到见到水源？一切的一切，都是未知数。兰兰定然也明白这，她只是不愿意点破而已。

最叫她担心的，却是骆驼。她们有清油提供热量，驼峰却塌成皮囊了。它还能支持多远？毕竟驮两个大活人，少些算，也有二百斤。好几次，它驮着她们起身时，总要摇晃好一阵。上坡时，也老是颤巍巍的，像要摔倒。后来，上坡时，她们就只好下了驼背，拽了驼尾借些力。看来，驼的体能也接近了极限。不然，见到那驼骨时，它咋会受那么大的刺激呢？

18

缓了一阵，两人各喝口清油和水，准备走夜路。驼骨们虽使夜里浸满了阴森，但也在提醒她们路的正确。莹儿想，只要上了路就好，就怕像没头的苍蝇那样瞎撞。兰兰说，不怕慢，就怕站，只要方向对，走一步，就近一步。

她们喊几声：跷！跷！这是叫骆驼卧的命令。

骆驼迟疑了一下，缓慢地卧了。兰兰叹息道，骆驼太累了。两人上了驼，兰兰抖了几次缰绳，喝了几声：嘚！嘚！骆驼晃着身子，想爬起来。它晃了几次，一次好容易撑起了前腿，却又卧下了。它叫了几声，又徒劳地挣扎几次。兰兰说，你先骑，我下来。她下了驼，边喊口令，边扯了驼尾上抬。骆驼长长地叹息一声，卧在那儿，不动了。

莹儿明白它力不从心了，也下了驼。她发现，驼大张着鼻孔，正缓慢而吃力地呼哧着。周围的沙丘上虽有干沙秸，骆驼却不望。莹儿明白，它太渴了，喉咙早成干皮了，它已咽不下那比日头爷还燥的沙秸了。莹儿很感激骆驼，要不是它，她们还不定趴在哪个洼里呢。她想，说啥也不能骑它了，它也不是铁打的身子呀。

兰兰又吆喝几声。驼却只是哀叫，仿佛说，你们走吧，我真的不行了。莹儿听灵官说，骆驼只要有一点儿力气，就会拼了老命，去干自己该干的事。它们是不惜力的。先前的驼队里，走着走着，就有倒毙者。她想，是不是驼骨刺激了它呢？有可能。就像那患了绝症的老人，忽然发现同伴死了。那死，会像鞭子一样抽垮它的意志。莹儿拍拍它的头，说，你怕啥呀？它们是它们，你是你。驼叫了一声，仿佛说，我不是怕，我是实在走不动了。

驼的峰子软成了皮袋，肋条也露了出来。驼吃力地呼吸着，时不时伸出舌头。驼舌上有很厚的苔，颜色或黄或黑。驼的倏然瘫软，虽然与缺养分有关，肯定还有精神原因。莹儿不知道如何才能解除它精神上的疾患。没办法，她既不能瞬息间学会驼语，也不能钻进它的脑子。她想，不管咋说，我们不能扔下它，不仅因为驼值两三千块钱，还因为它已成为她们中的一员。

她忽然明白，为啥这地方有那么多的驼骨。那驼骨，明明在提醒驼们：我们死了，你也该死了。这真是可怕的暗示。驼以为，好多驼都死在这儿，它也一定走不出绝境的。有些驼的体力虽能支持，但那暗示，却一下子摧垮了它们最后的一点儿信念。莹儿想，自己可千万不能学那些死去的驼呀。她想，只要心不死，人是死不了的。

她想，如何救这失去了最后一点信心的驼呢？既然无法钻进它的心中，总得想个别的法子。她想呀想呀，觉得除了给它灌些清油外，也实在没个别的法子。她一说，兰兰拧着眉头解释道，那可是最后一点了，路可能还远呢。莹儿说，我们总不能丢下它，人家已逃了出去，又来找我们……兰兰说成，大不了，我们死在一起。莹儿说，就是，活了，一起活。真要死的话，我们和骆驼一起死。

兰兰取出油瓶，一晃，油就在瓶壁上旋了，旋出很美的纹路。莹儿觉得心叫无形的东西挤压了一下，想来兰兰也这样。这些油，两人还能喝个两三口，虽不多，但这是唯一的食物了。

骆驼贪婪地望那液体，以前她们喝时，它就这样。它当然知道那是美味。以前，清油下来时，主人也会赏些稠油给它。那东西，可不是沙秸。沙秸虽能充饥，但干成麻鞋底的舌头和枯燥成砂纸的食道是无法接受它的。这液体却不然，它滑滑的，带着一抹清凉的神韵。它只能贪婪地望它，望着那两个女人下咽时喉部的蠕动。它甚至能听到那稠亮的甘露滑入食道时发出的咕咕声。干得冒烟的细胞们欢快地叫着，像渴极奔井的羊那样发出咩咩的声音。驼明白自己只能看一看。能看当然不错了，看惯了干燥的沙漠，再看一眼瓶壁上倏然一旋的清凉和润滑，真是痛苦又刺激的事。

它当然想不到那个好看的——虽然她的嘴上也布满了干燥的黑皮——女人会将瓶口伸向它。它以为她在逗自己呢。村里人老这样逗它。人说天窗里吊苜蓿，给老驴种相思病。人们也常给骆驼种诸如此类的相思病。村里娃儿就老举些嫩草引诱它，等得你张口去叼时，他们却倏地拿开了草，发出恶作剧的笑。人都是这样。以前，面对这号捉弄，它总是高傲地闭上眼。但你要知道，此刻，那晕清凉是多大的诱惑呀？哪怕你望它一眼，也是享受呢。虽然这享受也是痛苦，就像一个叫欲火烧烤的光棍汉面对黄色录相一样，他肯定是又痛苦又刺激的。他虽然赤红了脸呼哧，但那双滴溜溜的眼，仍不会放过每一个叫他痛苦又刺激的镜头的。

骆驼也一样。

那瓶口，竟然伸向它的嘴。它当然感到意外。它当然也知道其中的妙物对两个女人意味着啥。它望望那女人的眼，想捕捉住捉弄它的意蕴。没想到，它看到的，是一双充满了关切的眼。记得，小时候，它一脚踩入鼠洞弄折了腿后，母亲就那样看它。它当然忘不了那眼。你别小看它的记忆，它能记得十多年前某人对它的捉弄，也忘不了八年前某人给过它一把青草。它是最有记性的动物之一。在这一点上，它甚至超过了马。跟马一样，它是公认的能通人性，而且更加厚道。

驼真的被感动了。它毫不怀疑那眼中发出的信息。它明白她是真的想将那清凉给它。它虽然不知道那是仅有的，但早就从两人的举止中明白了它的珍贵——人家都几个时辰喝一小口呢。喝时，她们都闭了眼品味许久，她们当然想叫那味儿印入自己的灵魂深处。当然。

驼当然想不到人家会将瓶口塞进它嘴里，也想不到那滑滑的液体竟会在舌上漫延开来。它听到舌上的味蕾们疯狂地叫着，叫声跟炎阳下的知了那样喧嚣。一股奇异的味道立马渗入了它的灵魂深处。它死也忘不了这味道。这甚至不能算味道了。它成了快乐的旋风，美味的海啸……还有好些比喻，驼死活想不出来了。它觉得舌上的小蕾真是贪婪，它们疯狂地大张了口，跟养熟了的鱼儿乞食时一样。虽然那液体是滑滑的黏黏的，它们还是咂光了好多。驼觉得舌头润泽了许多。它想，这下，又能吃些草了。吃了草，就能接着驮这两个美丽的女人了。

瓶中的液体仍在流着，滑滑的妙物越来越多，舌蕾们吞不及它们了。那清凉又滑向了喉管。喉管欢快地蠕动着，跟它进入母驼产道的阳物一样。因为干燥缺水，那蠕动时的声音像没蜕尽的蛇在游动。对，就是叫响尾蛇的那种。驼想，那喉管，想来裂了好多口子，很像干涸的河床里横七竖八的干口。这一点，是从它吞咽干草时的被剐感觉里推测出的。那地方，本该是滑滑的，有层黏膜呢。现在倒好，成干河床了。它觉得这干渴真是可恶。

驼感到食管在疯狂地扭动着，它当然很快乐。没有比清油进入干裂成山药皮的食管更快乐的事了。它甚至听到了食管快乐的呻吟。那呻吟，很像它第一次深入生驼体内时身不由己地发出的那种。公驼跟男人一样。男人喜欢没叫人用过的处女，公驼也一样。公驼将那些未经驼事的母驼叫生驼。清油比生驼还好。食管也定然这样认为，不然它是不会那样蠕动和呻吟的。你肯定没听过食管的呻吟，那真是天籁。驼虽不知道“大音希声”这个成语，但还是听懂了食管那无声地啸卷着的大乐。你想，身外是干燥炎热的天空，连空气都在燃烧，身内的那一线清凉和润滑当然会有沁入灵魂深处的穿透力的。驼很感激那女人，她竟将这么好的东西让给它。驼想，要是我是男人的话，我一定会追求她的。但驼也仅仅是想想而已。它的天性告诉它，做梦是个不好的习惯。

清凉又滑向胃部。胃也惊喜地蠕动起来。胃蠕动时真像个怪物，它本该是暗红的，但现在早黑了。不但黑了，而且硬了，跟晒得半干的牛皮一样。不但硬了，而且还收缩了。那模样，跟八十多岁的老妪的脸差不多，跟沙枣树皮差不多，跟挂在屋檐下晒了三天的猪尿泡差不多，跟放在卤水和酱油里煮了五个时辰的胎衣差不多——这么多“差不多”一齐蠕动，当然是怪物了。它发出咔嚓咔嚓的声响，很像三百个老鼠在一起磨牙。胃里顿时弥漫了好多尘埃般的碎屑。它们本来潜伏在胃的皱褶处，因为胃液的不辞而别，它们趁机飘了起来，舒活舒活筋骨，活动活动精神。它们也惊喜地发现了顺食管下行的清油。因为胃里还没开窗户呢——这本是豺狗子们的本事——胃室显得有些暗，尘埃们当然看不到那半透明的东西正姗姗而来。因为沿途的细胞都在趁火打劫，妙物走得很慢，但那味道，还是当了先锋，扑进了它们的鼻子。你可别小看胃，那不是寻常的皮囊，而是一个世界。当然，当它被你弄成腊肉时，那世界就死了，只剩下一块叫你啧啧称赞的僵死。大脑不也一样吗？活着时，它有千般计较，有万种风情，好多缠绵的爱情故事就从其中演绎出来，等它一死，一入你的口，你只会觉得它是绵绵的一团腥，当然也有点香，但你是死活也品不出它曾有过的那么多故事的。胃也是那样。

怪物般的胃的蠕动声很可怕，你是从来没听过那声音的。你可以用世上所有的词汇来形容它，但都显得很苍白。你要是在沙漠渴上三天后，当你气息奄奄魂儿快要飞上半天时，要是看到一晕清凉的湖水时，你也会发出那种声音。但它不是声带发出的，真是出自灵魂。那声音啸卷如天旋风，充斥于九天之外，但很难用音符来再现。骆驼当然听得见那叫声。它甚至觉得有无数只手伸进胃里，它们也是那声音的制造者。驼很不喜欢那些乱舞的手，它们是一群强盗。它们想将那点儿润滑据为己有，它们叫冲呀杀呀叼呀抢呀。它们发出杂沓的脚步声。驼很为它们羞愧。它心虚地望望举瓶的女人。它很想解释，却想不出该说些啥。

驼体内那些疯狂的大手很快就抢光了进入胃里的稠滑的液体。那形势，像海绵吸水，像春雨灌碱滩，像蝌蚪入鲸口，总之是无声无息又点滴不留。它们意犹未尽地期待更多的来者。驼也一样。但那瓶嘴嗑牙声还是响了。为了使瓶壁上的清油完全滑入驼口，女人摇摇瓶口。驼觉得牙一阵震动。

女人将空瓶扔向沙洼。驼很想告诉女人，那瓶子别扔，因为要是遇上牧人或是驮户们，就可以向他们要些水，这瓶子还能盛水的。它叫了一声。女人当然听不懂那话。驼又想，她是不是嫌我弄脏了瓶口呢？

驼于是忧伤地望望沙洼。它想，随她吧。人家扔的，是人家的东西，管你啥事？

却见另一个女人捡回了瓶子。她用衣襟擦擦瓶嘴，放入挂在它背上的袋里。

19

两人一驼又走向暮色。骆驼虽能起身了，但还不能驮人。这真是雪上加霜的事。骑骆驼虽累，尾骨虽也老叫驼脊骨弄破，总是火烧火燎地疼，腰也老是酸叽叽地难受，但体力的消耗还是比步行小许多。她们喝的那口清油，虽解不了饥渴，但支撑身体的热量，想来还是够的。现在，她们不得不爬那高到天上的沙山。两人毕竟不习惯行沙路，身子也没有“塌膘”，也就是说身上的脂肪还没变成适合走沙路的肌肉。莹儿感到小腿肚子刀割一样。每行走一步，脚都会下陷，而每次下陷，那刀割的感觉都在加剧。脚掌也一样，每走一步，都撕疼一次。撕疼的次数一多，她就浑身瘫软了。

虽也安慰自己：走一步，离目标就会近一步。但每一瞭眼，都是黑黝黝的大沙山。星星虽是照例地低，但星星是星星，她们是她们。对星星，她们已失去了兴趣，早没了初进沙窝时的那份诗意。诗意是一份心情。要是苦难像大山一样砸压下来时，诗意就没了生存的时空。

还是走吧。

拖了刀割般的小腿，望着苍茫暮色里模糊的前路，莹儿胶着了心思，冻结了诗意，木然了心情，守护着希望。她拽着驼尾，但她只是在上坡时才借些力。走在平处时，她尽量快些挪那灌了铅的双腿，不使自己成了驼的累赘。

兰兰右手拽了骆驼笼头，表面看她在吆驼，其实也在借力。莹儿拽了驼尾，在沙上行走。她只要稍稍借点力，行来就会轻松许多。要知道，两人虽都在借驼力，但相较于骑，已给骆驼节省了大量的体力。

虽然行走时的腿疼跟刀割一样，莹儿还是时不时闭了眼。她困极了。要不是时有沙绊她一下，她会睡熟的。没办法。那困，是窖里的酒，越窖，酒味儿就越浓。某个瞬间，她甚至觉得自己已睡在床上，就松开了手，睡在沙上了。幸好，兰兰在牵驼拐过沙湾时回首望了一下。兰兰说，幸好没风，要不然，就再也找不到你了。风不但会吹去沙上的所有印迹，还会发出许多怪怪的声音。它既能卷走兰兰喊莹儿的声音，还会营造出其他声音来引诱莹儿。莹儿会以为那声音是兰兰发出的，就会一直跟了那声音，走到一个兰兰再也找不到的地方。

好多困死在沙漠里的人就是这样死的。

为防止莹儿再次睡着，兰兰取了一根绳子，一头拴在莹儿腰上，一头系在驮架上。兰兰稍将绳子放长些，要是莹儿拽着驼尾时，绳子是松的。一旦她松了驼尾，绳子就一下子扯紧了，用另一手拽着绳子的兰兰就会停下，叫醒可能再次倒在沙上的莹儿。当然，这样做的前提是兰兰必须吆好骆驼，否则的话，驼一惊，绳子就可能一下子扯倒莹儿。其情形，跟摔下马背脚却没脱出马镫的骑手一样，一些骑手就这样被摔成了稀巴烂。为了预防类似的危险，兰兰将拴在驮架上的绳子那头绾成了抽蹄扣，万一有了意外，她一抽，绳子就脱了驮架。

姑嫂俩就这样半眯半醒地在沙山间颠簸着。进沙窝时尚有驼铃，但在逃豺狗子时丢了，路上就只有沙沙声了。时不时还能听到驼打个响鼻，那声音很像炸雷，总能惊醒时不时就迷糊的莹儿。

手电里的电不多了，虽然她们节省着用，但坐吃都能山空的。只有在探路时，兰兰才舍得打亮手电。有时，那光柱就照出一具狰狞的骨架。要是在以前，她们都会吱哇乱叫，但现在，早就习惯了它们。要是许久不见它们，兰兰心里还会嘀咕，害怕又走错了路。那些骨架，也不全是骆驼的，有时还能看到很像狗的，但她们分不清那是狗还是狐子。按说，流动的沙会埋了那些骨架，可怪的是偏偏没有，也许是北面的沙山挡住了大风的缘故。

约到半夜时分，两人实在走不动了，就缓了一阵。才停下，莹儿便堕入梦乡。兰兰怕自己睡着，不敢坐下。她明白要是夜里不多赶些路，白天会叫晒成干尸。但实在太渴了，塑料拉子里也只剩下一点儿水了，至多有三五口。这真是要命的事。所以，那渴虽变成了火焰在烤喉咙烤心，却不敢打水的主意。兰兰想，这点儿水，就用来救命吧，要是一人叫太阳晒得昏死过去，另一人就用它来救对方的命。别小看那点儿水，有时，几滴水也能推迟已经降临的死亡呢。

困意很强大，像黑夜和死亡一样不可抗拒，兰兰就倚着骆驼眯了眯。她没叫骆驼卧，因为只要它一卧，自己也会身不由己地堕进梦里……不，不是梦里，她已没气力做梦了。她就倚着骆驼立在那儿。她想，无论骆驼是走还是卧，只要它一动，自己就会醒来。

随后，她闭了眼。她觉得向一团巨大的黑里堕去。

20

莹儿醒来时，兰兰还在熟睡。驼早卧了。兰兰的上身就靠在驼身上。驼也睡着了。驼睡得很小心。它本来可以躺了，长伸四腿地睡。骆驼平时就是那样睡的，所以，有经验的驮户不会睡在骆驼旁，怕驼翻身时压坏自己。这驼很懂事，便以跪姿进入了梦乡。显然，它也不想压坏或是惊醒兰兰。

天已大亮，啥都明白于天下。不远处，有个人头骨，正龇了牙望莹儿。莹儿也懒得理它。她很想叫兰兰多睡一会，但想了想，还是觉得趁清晨赶路为好。她推了几下，才推醒了兰兰。兰兰吃惊地睁大了眼，仿佛她不相信天亮了。她说，瞧我，咋睡了个死？莹儿说，有时候，身子是不听话的。

困消了些，饥渴又袭来了。当渴很猛时，饿就退回次要位置了。本打算留那点儿水救命时用，但渴的力量太大了，大得兰兰也改变了主意。她用塑料盖子盛了些水，给了莹儿，自己也喝了一盖儿。两人都伸出舌头润润嘴唇。当然没用的，嘴唇早成干山药皮了，你咋润也是干山药皮。兰兰的嘴唇更是肿得老高，很奇怪人这么渴，嘴唇竟有心思和气力肿那么高。

她们又吆驼上了路。身体这玩意儿是最不该惯的，你要是老动着，倒没啥，虽也有疼，身子也会习惯了疼。要是你一缓，那乏呀疼呀，就给缓醒了。莹儿觉得身上的疼醒了，比夜里猛烈多了。身子很疼时，按说就该忽略了渴，可不是这样，渴和疼像两股旋风裹向了她。困倒是少了些，能相对清醒地走路了。很难说这是幸还是不幸，因为很困时，那疼呀渴呀就叫困淹了。此刻，困虽稀释了，渴疼却探头了。它们是分明有獠牙的，你每走一步，它们都会撕扯你。莹儿甚至不去管路途的事了，只抵抗那疼和渴，就用去了她所有的注意力。

再前走，沙山缓了些，变成沙丘了。植物仍是少见，偶尔也会遇上一些，但多是干沙秸，驼对它们望都不望。路上有了驼粪，兰兰揉碎几个，都显出久远的成色来。一个沙旋儿处生了几丛刺条，上面挂了好些驼毛，但刺条早旱死了，说明地下水已很难养活那些沙生植物。

此刻，莹儿眼里的盐池，已不仅仅是盐池了。好些事就是这样，你只要在心中存了某种东西，你多方寻求而不得，它就会在你心中一天天重大起来，比如那冤家，比如这盐池。莹儿想，此刻，盐池在她们心中，几乎等于圣地了。她还没见过哪个修行人这样寻求心中的净土呢。莹儿想，也正因了她们心灵中“盐池”的重要，这番生命苦旅才有了意义。

为了分散对那恼人的渴疼的注意，莹儿有意想些事。她先是想那冤家。

她想，冤家呀，我这一切，其实是为了你呀。

她相信，这一生死之旅一定会成为她爱情的见证。

想一阵灵官，莹儿又开始想盐池。她当然想不出盐池的模样。也正因为想不出，才有了那份神秘。在无休无止的磨难和寻觅中，盐池已成为图腾。她当然希望这盐池之行，能改变她的命运，至少能改变她的生活。她的生活里，有过一个个盼头。在不同的年龄阶段，盼头也不同。但终于，盼头都成了空中的肥皂泡，浮游时倒也五光十色，一旦破灭，总会留下难耐的失落和空虚。她不希望盐池也这样。她觉得心已很疲惫了，再也禁不起折腾了。

但那疼和渴的力量总是很大，每每将她拽出遐想。焦黄也时时扑入眼目，日头爷又开始发威了。那沙丘却仍是无止境地荡向远方，看不到尽头。天知道那盐池蜷在哪个沙的皱褶处呢？她真不敢望远处了。每一远望，她总会心惊而绝望。

两人缓一阵，喝下了最后一口水。她们有两天没小便了。那饮入的水，并没被排出体外。饮最后一口水时，谁都无语，都明白这意味着啥。

走吧。兰兰说。

她们跟骆驼走入了正午。莹儿当然想像以前那样昼伏夜出，但手电已不起作用，她们不能保证夜行时不会走错路。再说，真到了弹尽粮绝时，就算是伏在深挖的洞里，身体仍会消耗能量的。兰兰说，也许快到了。她还说了许多“也许”：也许会碰到人，也许会发现水源，也许会碰到吃食……那么多“也许”，都是希望。只要有一个“也许”，就会解了困厄。

但正午还是在她们遇上“也许”前逼近了。

日头爷当然不会因她们的缺水而停止喷火，身体也不会因那些未来的“也许”而不丧失水分。水分的丧失先是从大脑开始的，她们都出现了迷瞪和幻觉。幻觉倒不怕，迷瞪则张着大口，老往腹内吞她们。兰兰老是提醒，不能睡呀，不能睡呀。莹儿也知道，要是一睡着，就再也醒不来了。俩人互相鼓励着提醒着，但眼皮还是被啸卷的干渴弄得直往一块儿粘。

最先摔倒的是骆驼。它半睁着眼，大张着鼻孔，发出沉重的呼哧，仿佛体内有个巨大的风匣在缓慢地拉动。莹儿想，已经不错了。那点儿清油产生的能量，已叫它拖着她们翻了好几道大山。莹儿最怕它倒下，要是它此刻倒下来，她们是无力救它的。她想，盐池快到了——她以为“当然”快到了——你可不能倒下呀。兰兰木然地望望骆驼，长长地叹口气。

骆驼颤抖一阵，慢慢地躺下了。它伸长了脖子和四肢，呼吸越拉越长。它要是死去，她们又得赔一笔钱，但她们都不再想钱了。莹儿关注的，是它的生命。那份关注，跟她当初关注弥留之际的丈夫一样。只是，迷糊已胶着了她的思维，明知驼快要死了，接下来死的，就会是她们。但心里倒也没多少伤感，除了隐隐有些不甘心外，也顾不上想别的事了。

莹儿坐了下来。她不想坐下来，是腿自己坐下来的。没办法。骆驼要是不倒，她还觉得有些依靠。骆驼一倒，凭她自个儿，是翻不过前面的沙丘的——翻过了又能咋样？前面仍是沙丘——她也懒得想死呀活呀了。她只想闭了眼，美美睡一觉。明知这一睡，就从这一世睡到另一世了，但也懒得想它。人家大脑想睡，你有啥办法？

兰兰咬了牙，望一眼骆驼，又望一眼莹儿。她的脸干瘦干瘦的，有许多汗道儿，鼻洼里有好些黑灰和垢迹。莹儿从兰兰脸上看出了自己的狼狈，但也懒得多想了。

兰兰说，你忍着些。我去找些水。

莹儿想说，这儿哪有水？但也明白：找比不找好。找虽然不一定找到，但不找肯定只有等死了。

兰兰也不等她回答，提了那个瓶子，一步一挪地走向北面的沙洼。她走得很慢。骨关节也发出咔嚓咔嚓的声音。恍惚里，兰兰便成移动的骷髅了。莹儿想，她这一去，也许就回不来了。记得，灵官说过，好些探险家，就死在找水的路上。

兰兰慢慢地转过沙丘，留下一片空白。那印象，像一滴水渗入了沙中。

莹儿想说，你咋丢下我一个人？她有些伤感。她想说，要死，我们也该死在一起呀。

骆驼仍眯了眼呼哧，肚腩的凹处忽而鼓起，忽而塌下。莹儿想，那里面，会不会有个豺狗子正在吞肠子？那可怕的小东西，也许趁她们熟睡时，早沿着肛门钻进驼腹了。怪的是，莹儿并不害怕。她想，你吞就吞吧，先吞了骆驼的，再来吞我的。

没有了声音。记得以前，正午时分，日头会发出巨大的啸叫，如万千个知了齐鸣。现在，日头爷寂了。沙洼里听不到任何声音。骆驼的呼哧也渐渐息了。它的肚腩虽一鼓一荡，声音却没了。她也觉不出自己的心跳了。一种巨大的静寂融化了自己。她怀疑自己是不是死了？她抬头望天，天蓝成魔绸了，云是一条一条丝状的模样。它们是在赛跑呢？还是在赛呆？不管它了。

她又觉得兰兰骗了她，她根本不是去找水，而是抛了肉体，去另一个世界了。那世界当然好。她真不仗义。要走，姊妹俩一起走多好。但也懒得再怨她，因为迷瞪正织着大网呢，那大网已撒到空中，只等往自家头上抛了。它已抛过多次，一次像蛛网，一次像鱼网，一次次更韧更浓更密了。她明白，这一次，那网定会将“魂灵子”网住的。

骆驼躺倒了。它长伸四腿，侧倒在沙丘上，跟它平日睡觉时一样。这说明它已经无力跪了。它的血想来很稠了，自家的当然也一样。日头爷伸一下舌头，总要舔走些潮气的。人家要舔，你就得叫人家舔，谁叫人家是日头爷呢。虽没云彩挡那白光，莹儿却觉不出热来。渴也叫迷瞪淹了。接下来，就该淹“魂灵子”了。莹儿想，你想淹，就淹吧。

一只黑乌鸦出现在不远处的沙丘上，嘎嘎地叫。莹儿明白她快要死了。听说乌鸦最爱吃死人肉，嗅觉又好，总能闻到活人身上的死人味，也总在人死时叫，人便以为它带来了晦气。灵官却说乌鸦是神鸟，是佛教大护法玛哈嘎拉的喽啰。莹儿想你既然说它是神鸟，那我就喂它算了。她不愿喂豺狗子，却愿喂乌鸦，当然跟灵官的说法有关。她只希望，神鸟别在她的“魂灵子”还存留时就来吃她。听说乌鸦吃人，最先吃眼珠子。这是她不能忍受的。你咋能先吃眼珠子呢？她想，到最后落气前，她一定先伏下身，哪怕用黄沙埋了脸部。她是不能容忍那黑鸟向她美丽的眼珠伸嘴的。

又来了几只乌鸦，都齐齐地叫，然后齐齐地望她。听到那怪叫，骆驼也睁开了眼，它当然也明白那叫声意味着啥。它望望莹儿，莹儿也望望它，双方都交换着心照不宣的无奈。眼珠顿时更涩了。头里也发出轰轰的声音。

莹儿想，途中的那些白骨上的肉想来就是乌鸦吃了的。在沙窝里，你很难找到比人肉更好的食物了，不说别的，那份滑腻，绝不是寻常的动物有的。它们当然盼望有人渴死在它们的地盘上。那我就满你们的愿吧。她又想，乌鸦们是不是吃了兰兰的眼珠后又来找她的？她真的看到了倒在沙窝里一脸血污的兰兰。你瞧，脑子就这样，老跟她较劲。她想想的，它不显一点儿图像。她不想想的，偏要血淋淋地往里扑。

莹儿费力地晃晃脑袋。

恍惚里，那几只乌鸦飞了来，在她头顶盘旋了。它们可真性急。它们定然已将她当成了死人。要么，它们也想像人类尝活猴脑那样，尝尝新鲜的活物。肯定是的。莹儿虽愿意叫它们吃肉，但不愿意叫它们在自己还出气时就下嘴。她抡着那没有了电的手电，却发现它不是称手的作杖，便扯下拴在驼笼头上的鞭子。那是她们备用的。要是骆驼不听话，就抡了它抽它的鼻梁。一路上谁也没用鞭子，说明两个骆驼都是好样儿的。莹儿才抽下鞭子，就发觉一道黑影已扑来了。她悄悄用足了劲。当然，那所谓的“用足”，也仅仅是将鞭子抡出相当的速度而已。那乌鸦显然已将她当成死人了，没想到，竟会有一道暗影掠向自己。它不知道，自己的速度实在太快了，就算鞭子静候在那儿，它只要一撞上，也会晕头转向。何况，瞧那鞭子，正迎了它飞来呢。

只听一声闷响，乌鸦已滚落进沙洼了。

别的乌鸦一见，怪叫几声，飞到不远处的沙丘上。

滚在沙洼里的乌鸦蠕动几下，寂了。

莹儿做梦一样。她想，真是怪事。她以前虽也甩过鞭子，但其熟练程度，也不过是不使那甩出的鞭梢裹了自己而已。这打中的几率，跟瞎驴碰草垛、跟瞎子嘴里掉进油馓子差不了多少。没想到，倒真的打中了。

她爬向死乌鸦，发现它比成年鸡小多了。飞起时，它张着翅膀，俨然也是个飞禽。一落地，竟瘦小成鸡娃了。几滴血印在沙滩上。莹儿想，那血，说不定也能养会儿命呢。她平日胆子虽小，这会儿，那迷瞪和木然却驱使她一把抓住了黑鸟。理智上，她想揪下乌鸦的头，咂些血。她甚至也开始操作。她用了很大的力，却拽不断鸟颈。但一想自己会一嘴血污，却一阵反胃。她呕了几呕，虽没呕出啥来。胃和食道疯狂的蠕动却一下将迷瞪驱散了。她想，死也罢，不吃这脏东西。她狠狠抛出乌鸦。一道黑影划个并不长的弧，滚下沙洼。

不喝。渴死也不喝。她想。她实在不想叫自己变成电影上饮血的妖精。

她想，与其像饮血妖精那样活着，还不如死去呢。

喘一阵气，眯了眼，望远处的乌鸦们。它们也望她。都有些怕对方了。莹儿怕它们一起飞来掏眼珠。要真那样，她是挡不住的。她会在眼珠剐疼后堕入黑夜。她很想说，你们急啥，馍馍不吃，在盘儿里嘛。

人鸟相峙着。驼已超然物外。它虽看到那精彩的一幕，却不显惊奇的神色。经了这一路的事，当然没啥惊奇了。

莹儿已将自己当成了死人。这是迟早的事，早一刻迟一刻，都会成乌鸦嘴里的肉。那夜，当豺狗子围来时，她还不甘心喂它们，此刻早没那想法了。她想，一样。谁吃也一样。她只是不想在活着时叫它们下口罢了。

乌鸦嘎嘎着，它们等不及了，但谁也不敢再试那鞭子的厉害。骆驼仍在抽风匣似的喘气。从它偶张的口里，莹儿看到了黑黑的干皮条一样的舌头，知道它的命也快尽了。她想，也好，做个伴儿。这样，她就不是孤鬼了。

莹儿说，骆驼呀，你要走慢些。

但她已发不出声了。那迷瞪织成的网又浓又密又坚韧，已裹向她了。空气里多了好些乱毛般的东西，它们塞向自己的口、耳、眼……乌鸦的叫声也没了。恍惚里，大鸟们飞了来，翅膀扇动的风也织成了大网。数道大网，齐刷刷裹向自己。

浓浓的夜降下了。

21

一个遥远的声音隐隐传来，很像小时候奶奶的叫魄。那时，每到她迷迷瞪瞪不清醒时，奶奶就说她的魄掉了，就要给她叫魄。

奶奶的声音先从远处传来：

“莹儿哎——，远处吓了近处来——”

一人就应：“来了。”

“莹儿哎——，高处吓了低处来——”

“来了。”

“莹儿哎——，热处吓了凉处来——”

“来了。”

“莹儿哎——，饥处吓了饱处来——”

“来了。”

“莹儿哎——，三魂七魄上身来——”

“来了。”

奶奶还会叫出许多诸如此类的内容。她会从相对遥远的地方，一直叫到厨房里，再拿个红布包着的瓷碗盛了面，一下下按她的前心后背双肩等处。按一阵，碗中就会出现个陷坑，奶奶就说，瞧，亏损大了，就再添些面，再喊再按，直到碗中的面完全平了时，才算完成了叫魄仪式。

奶奶的声音跟绿米汤一样悠长甜绵，一直能叫到莹儿心里。后来，奶奶死了，就没人再给她叫魄了。

现在，那悠长的声音又出现了。莹儿在恍惚里感到很温馨。她以为自己死了。听说只有在死后才能遇到死去的亲人。她想，也好，我又能见着奶奶了。奶奶待她最好了。奶奶的怀抱是最温暖的港湾。小时候，奶奶老是抱了她，叫一声：“我的乖乖！”然后吧唧吧唧地亲她。奶奶像老巫婆一样神奇，身上总有些稀奇古怪的东西，比如花糖呀花生呀，还会讲好多鬼故事，每每在夜里吹了灯后，吓得莹儿吱哇乱叫，直往奶奶的怀里钻。

莹儿觉得，那悠长的声音像茧丝，将她裹了，一下下拽了来，很像是牵着风筝。生命之风硬要将她吹向无底深渊，而那呼唤的绳儿却牵系了她。她就随了那拽力一寸寸移了来，慢慢靠近了呼唤者。她渐渐听出，那声音有些变了，很像是兰兰的。

她努力地想睁开眼。眼珠很涩，有种锈门闩转动的感觉。她用力地睁呀睁呀，一道亮光泼入眼睑。因为羞明，反倒看不清眼前了。

“快！你吃些这。”兰兰的声音很惊喜。

终于看见兰兰了。她拿个黑黑的棒子。见莹儿不动，她用鞭杆一下下刮那黑棒，黑皮没了，露出水白的成色。她见过它。那时，每到冬天，村里人宰了羊后，就将它跟羊肉炖在一起。叫啥来着，对了，叫锁阳。

兰兰掰一小块，塞进莹儿嘴里。莹儿轻轻一嚼，甜汁儿在嘴里弥漫开来。莹儿只见过晒干的锁阳，没想到，它会有这么多汁儿。

兰兰将刮去皮的锁阳塞给莹儿，叫她多吃些。自己又从头巾里取出一根——莹儿吃惊地发现，头巾里竟有许多黑棒。

兰兰嚼些锁阳，喂给骆驼。骆驼边沉重地呼吸，边伸出黑舌头，吃力地搅动兰兰喂进它嘴里的汁儿。

在莹儿的印象里，这锁阳，是她吃过的最好的东西。她轻轻一嚼，汁儿就会从牙间挤出，进入贪婪的舌蕾中。舌蕾们狂欢着。它们像饿极的小麻雀见到母亲叼的虫子那样，张大了口叽喳着，发出喧嚣无比的声音。锁阳那带着甜香的面汁勾起了胃迷失的记忆，胃疯狂地蠕动起来。

骆驼也开始自己吞那些黑棒子，它咔嚓咔嚓地大嚼着，白汁儿流出了嘴角，莹儿感到很可惜。兰兰兴致很高，对莹儿说，你把那根吃了。缓一缓后，我们再去挖，那个沙洼里，有好多锁阳。

吃下一根锁阳后，兰兰不叫莹儿再吃。她试着拉骆驼，骆驼挣扎着起来，步履蹒跚。它将兰兰带来的锁阳都吃了。锁阳解饿解渴又滋补，一下肚，骆驼飞悬在空中的命就回来了。莹儿的头虽隐隐作痛，迷瞪却消解了。兰兰说，成了，一次别吃太多，等会儿再吃。

两人牵了驼，去那沙洼。沙洼并不远，转过沙嘴子就到了。那地方，沙里带些土，锁阳就安家了。兰兰找个裂口处，跺跺脚，那儿发出空堂的声音。兰兰说，这里面，全是锁阳。刚才你们吃的那些，是一个坑里挖出的。莹儿看到，好些地方裂着口儿，跟山芋胀开地面时很相似。有些锁阳，还冒出了土层。莹儿叹道，天无绝人之路呀。

兰兰刨开一个裂口处，里面尽是锁阳。这锁阳，是肉质寄生植物，形如驴球，长可盈尺，黑红色，多生于沙土相间之地，听说能补肾助阳呢。锁阳一生一窝，大些的一窝，至少几十斤，刨开沙土，用不着咋挖，已有一堆锁阳了。兰兰用鞭杆稍稍刮一下沙土，扔给骆驼。骆驼兴奋地大叫，萎靡早没了。

两人解下驮架，在沙丘阴面刨个坑。吃些锁阳后，两人就拴了驼，爬进坑里，睡了一觉。她们睡了吃，吃了睡，又有那么多能滋补的锁阳，几觉之后，精力就恢复了。

吃了些锁阳，又挖些锁阳，叫驼尽力子驮了。她们宁愿自己走路，也要叫驼多驮些锁阳。她们朝着认定的方向，继续走了去……

22

莹儿们终于看到了一片耀目的白。

在黄沙里浸了多日，那白很是扎眼。走得近些，才见那是盐碱地。这儿，真寸草不生了。盐碱将地皮儿蒸出老高，踩上去软软的。空气也潮了些，有种大海的咸味了。

兰兰高兴地说，快到盐池了。她说，盐碱边上，都这样。

驼也高兴地叫了。那声音，有种唢呐的喜庆味。

按说，莹儿也该高兴的，不料却有种奇怪的平静。

她怕自己寻觅来的，是又一次不可知的陌生……

——节选自长篇小说《白虎关》

注：《豺狗子》由《中国作家》杂志2008年第9期首发，《小说选刊》2008年第10期，《小说月报》中篇增刊2008年第4期进行了转载，在全国引起强烈反响，获得广泛好评，荣获2008年度“中国作家鄂尔多斯文学奖”。

著名评论家雷达在《中国作家》2008年第9期著文，高度地评价了《豺狗子》，文章称：“雪漠，是甘肃小说家中地域性文化精神最为突出的作家，他的来自西部生存的苍劲的小说语言，深情刻骨的大漠情怀，已随着他的《大漠祭》赢得了全国性的声誉，建立了一种浩荡凛冽的西凉风格。雪漠的叙事能力强，笔下富于生命质感。《豺狗子》很像一个生命大寓言。两个女子，为了活着的理由和生命的盼头，被命运抛入陌生的绝境。猛兽、酷暑、干渴……及诸多未知的灾难都将那两个弱女子的灵魂放上命运的砧板，开始无情地捶打。灵魂的韧性由此产生，生命的尊严也由此体现。正是在一次次的炼狱中，两个弱女子升华为两个大写的‘人’。主人公跟豺狗子的较量是文本中精彩至极的华章，人与兽，善与恶，生与死，情与爱……诸多悖论般的命题一次次展现，人的灵魂由此洗礼得以重塑，两个鲜活的生命跃然纸上，承载着厚重如大地、壮美如雪山的西部精神。时下的小说中，已经很少能看到如此本色、新奇、呼之欲出的‘人物’了。”